W9-CDG-803

Suenas a blues bajo la luna llena

Suenas a blues bajo la luna llena

Paola Calasanz (Dulcinea)

Rocaeditorial

© 2019, Paola Calasanz

Primera edición: marzo de 2019

© de esta edición: 2019, Roca Editorial de Libros, S.L.
Av. Marquès de l'Argentera 17, pral.
08003 Barcelona
actualidad@rocaeditorial.com
www.rocalibros.com

Impreso por LIBERDÚPLEX, S. L. U.
Sant Llorenç d'Hortons (Barcelona)

ISBN: 978-84-17305-78-9
Depósito legal: B. 3883-2019
Código IBIC: FA

RE05789

A Uri, por aparecer e inspirarme un libro nuevo.
Por hacerme sentir que existen las vidas pasadas
y todo lo que está por en medio, por delante y por detrás.
Por hacer visible mi hilo rojo.
Y por conseguir que la palabra «miedo»
desaparezca de mi vocabulario.
A él, por sonar siempre a blues bajo la luz de la luna.

Cuenta una leyenda oriental que las personas destinadas a conocerse están conectadas por un hilo rojo invisible. Este hilo nunca desaparece y permanece constantemente atado a sus dedos, a pesar del tiempo y la distancia.

No importa lo que tardes en conocer a esa persona, ni el tiempo que pases sin verla, ni siquiera importa si vives en la otra punta del mundo: el hilo puede estirarse hasta el infinito, tensarse, destensarse y enredarse tantas veces como sea necesario, pero nunca se romperá.

1

*E*xtraño pero real, por primera vez en mi vida soy consciente de que lo que está pasando no es más que un sueño. «Estoy soñando», me repito una y otra vez para creérmelo. Pues me siento extraña y desubicada. No estoy despierta, estoy segura de ello. No sé cómo explicarlo.

Miro a mi alrededor. Estoy en casa como de costumbre, pero las paredes son de otro color y suena una música extrañísima que estoy segura de no haber puesto. Eso por supuesto. Mi gusto musical es claramente mejor.

La puerta del baño se abre. La imagen de Tomás semidesnudo con el pelo castaño revuelto y goteando sobre sus hombros y sus ojos fieros mirándome sin piedad me paraliza. Corroboro que esto no es real. «¿Qué está pasando?», me pregunto tomando conciencia de que, definitivamente, estoy soñando. Lo curioso es cómo puede ser que esté soñando y sea capaz de ser consciente de ello.

Rompí con Tomás hace un año y su imagen saliendo del baño, como si no hubiera pasado el tiempo, como si no me hubiera destrozado la vida, como si no me hubiera hundido en la miseria, me atraviesa las costillas y se clava en mis pulmones. Su atractivo siempre me volvió loca. Nunca fue el típico chico guapo, él es de esos que, sin tener la cara más bonita del mundo, levanta más pasiones que Brad Pitt. Esos atractivos con personalidad propia. A mí siempre me recordó a esa clase de hombres como Javier Bardem, que tienen tanta fuerza en sus rasgos que con una sola mirada pueden dominar todos tus instintos. Así era Tomás. Bueno, es, aunque ya no para mí. Excepto en este preciso momento, en este sueño.

Me mira sin pronunciar palabra y me doy cuenta de que tengo que decir algo. «¿Desde cuándo puedo decidir lo que ocurre en mis sueños?»

—Violeta… —suelta Tomás de golpe mientras se acerca a mí.

«Es mi momento», me digo. Puedo hacer lo que nunca hice, correr hacia él y golpearlo con todas mis fuerzas, como tantas veces imaginé cuando descubrí su lío con su compañera de trabajo. «Puedo hacerlo, solo es un sueño.» Sigue avanzando hacia mí. Trato de expresar algo.

—Tomás… —vocalizo mientras intento pensar qué más puedo decir. Qué más puedo escupirle para que le duela tanto como me dolió a mí.

—Me encanta cómo suena mi nombre en tu boca —me suelta con un tono sensual mientras el agua de su pelo llega a la toalla que lleva enrollada en sus caderas y empieza a empaparla.

No sé por qué, pero lo hago. Me levanto y voy hacia él, decidida, y cuando lo tengo a escasos diez centímetros me lanzo a sus brazos y lo beso con tanta furia que los labios me arden. El roce de su barba de dos días me quema; lo agarro del pelo con fuerza y violencia, algo que él me hacía siempre. Me levanta sin esfuerzo y me sienta de un empujón sobre la encimera de la cocina. Su lengua recorre cada hueco de mi boca, me agarra la cintura cada vez más fuerte en un intento de acercarme más y más a él. «Joder, Tomás, un año sin sentirte», me digo. Me cuesta respirar, trato de no pensar. «Es solo un sueño, solo un sueño, Violeta», me repito como un mantra para convencerme y seguir haciendo lo que me venga en gana.

Sin dudarlo, le arranco la toalla que se apoya contra mi entrepierna.

Me mira, se muerde el labio inferior, y esta vez sin decidirlo siento cómo se me arquea la espalda, abro las piernas y me acerco aún más a él, instintivamente, como hembra en celo. Me siento húmeda. Me arranca las braguitas que llevo puestas sin que me dé tiempo a reaccionar y siento cómo me penetra sin aviso. Su gutural bramido al entrar dentro de mí me enciende sin medida. Aprieto con fuerza su cabello entre mis dedos y otro gemido grave emana de su boca; si le duele, me da igual. Cegada y mojada de deseo, lo reclamo.

—Rubia —susurra en mi oído mientras me embiste con fuerza una y otra vez, sin preliminares, sin preparación, sexo en estado puro.

«¿Rubia?» Lo miro extrañada, pues nunca jamás me ha llamado así, y me corta el rollo por completo.

—Rubia —repite, esta vez como si sonara lejos y confuso.

Dejo de ver a Tomás y una fuerte luz me contrae las pupilas.

—¡Rubia, el desayuno está listo!

La voz de Yago desde la cocina me desvela. Me arranca de cuajo de las manos de Tomás. Sin piedad y sin permiso, me destierra del mundo de los sueños y me hace sentir pequeña, miserable, patética y vacía. Su voz alegre resuena de nuevo desde la cocina y yo me siento fatal.

—Pequeña…

Doy media vuelta entre las sábanas arrugadas y me desperezo. No quiero levantarme. Quiero volver al maldito sueño con el cabrón de Tomás. Lo necesito. Su ausencia me hiela el corazón ahora que vuelvo a estar despierta. La cabeza me da tumbos y siento una horrible resaca que me da ganas de dormir dos días más. No entiendo qué acaba de pasar. Nunca había tenido un sueño tan explícito, tan real… Nunca había sentido la sensación de ser consciente de estar soñando y ser capaz de llevar las riendas. ¿Me habré vuelto loca? Vuelvo a retozar entre las sábanas blancas y suaves de la cama de Yago, agotada aún de la noche anterior. Ayer disfrutamos de una velada intensa y larga, muy larga. Yago me invitó a la inauguración de su nuevo local de *catering* y no pude decir que no.

Escondo la cabeza debajo de la almohada para que los rayos de sol que se cuelan entre las cortinas de bambú no sigan deslumbrándome y alargo el brazo hasta la mesita de noche de Yago, que ya empiezo a conocer más de lo que debiera, y alcanzo mi teléfono. Se me cae en un gesto torpe al mirar la hora. Suspiro y, mientras oigo a Yago canturrear y silbar alegre en la cocina, me obligo a levantarme de una vez. Maldita sea, ya son las diez y media. Tengo que estar en media hora en la galería y no llego ni de broma.

Hoy hace tres meses que nos enrollamos por primera vez. Nos conocimos por pura casualidad. Él es el chef del *catering* que solemos contratar para la galería. Habíamos trabajado cientos de veces con ellos, pero nunca nos habíamos puesto cara. Yago y yo habíamos hablado tantas veces por teléfono que me parecía hasta familiar. Pero él se quedaba entre fogones mientras su equipo se desplazaba a la galería para servir la exquisita comida; debo admitir que es un *crack*. Una mañana, mientras su equipo preparaba todo el decorado del cóctel para una exposición muy importante que inaugurábamos, Bea, la chica que dirige al resto de camareros, se acercó a mí tremendamente preocupada porque habían olvidado la fuente de chocolate en su local y si salía a por ella no llegaría a montarla para la hora de inicio de la exposición, pues solo eran tres personas aquel día. La vi tan apurada que le pregunté a mi jefe si le parecía bien que fuera yo, y así fue como aparecí, apurada y con prisas, como siempre, en el antiguo local de cocina de Yago.

Recuerdo que al llegar y ver el lugar por fuera me extrañó que en aquel sitio pudieran hacerse aquellas delicias. Parecía un garaje, o como un taller de coches, pero tras llamar tres veces al timbre, Yago apareció con una camiseta negra y el pelo revuelto dejando entrever al abrir la puerta una amplia y reluciente cocina.

—Buenas tardes. ¿Puedo ayudarla en algo?

—Sí, disculpa, soy Violeta, de la galería C'est l'art. Me manda Bea a por la fuente de chocolate.

—¡Oh, Violeta! Al fin nos conocemos. ¿No me digas que se la han olvidado? —me preguntó Yago negando con la cabeza y dándome dos besos a modo de presentación.

—Me temo que sí —respondí tímida y sonriente.

No me lo imaginaba así para nada. Con esa pinta de intelectual, con gafas finas de pasta redondas, y con un cuerpo atlético, esbelto, y unas facciones bien proporcionadas. De esas personas que con gafas están aún más guapas. Lo imaginaba con algunos kilos de más y mayor, no sé por qué. Quizá por su tono de voz grave o por ser el director del *catering*. Me invitó a entrar mientras buscaba la fuente en el almacén, y cuando regresó y me pilló cotilleando sus estantes, me sonrió de un modo que me pareció muy interesante.

—Aquí está. ¿Te la cargo en el coche?

—Bueno, he venido en taxi.

—Pues no creo que puedas llevarla solita en un taxi.

Cuando vi el volumen de la caja maldije la idea de haber ido a buscarla. Debió leerme la mente porque acto seguido continuó:

—Olvídalo, la llevo yo.

—Oh…

—¿Te acerco a ti también? Tengo el coche justo ahí detrás.

15

—Pues... —Recuerdo que vacilé unos segundos, pero la inauguración estaba a punto de empezar—. Me harías un gran favor, la verdad.

—Claro.

Habíamos hablado tantas veces por teléfono que no entiendo por qué me dio vergüenza. Nos dirigimos hacia su coche y fuimos con la fuente hasta la galería. Así fue la primera vez que vi a Yago. Decidió quedarse toda la noche y disfrutar de la exposición, para luego ayudar a desmontar el *catering*, algo que no había hecho jamás. Conversamos a ratos y me pareció que coqueteaba conmigo. Soy bastante ingenua para estas cosas, pero cuando Bea me guiñó un ojo y señaló disimuladamente con la cabeza a Yago —Bea y yo tenemos algo de confianza por la cantidad de exposiciones que hemos hecho juntas—, me di cuenta de que no eran imaginaciones mías, sino que realmente el famoso *chef de cuisine* estaba tirándome los tejos. Al acabar, Bea me animó a tomar unas copas con ella y su equipo, y no dudé en aceptar al saber que él también iría. La alternativa no era mucho más tentadora. Volver a mi piso diminuto en un octavo sin ascensor en las afueras. Darme un baño, comer helado hasta reventar mientras suena blues en mi tocadiscos, leer un rato y dormir. Así que me decanté por ir a tomar algo y acabé sin dormir en casa esa noche. Y así empezó todo hasta el día de hoy.

Me levanto y la imagen que me devuelve el espejo es deplorable. Los pelos de loca y la camiseta de *El club de los poetas muertos* que me prestó Yago para dormir me sientan fatal. Parezco una friki adicta a las bibliotecas y los clásicos del cine. Solo me falta alzarme y gritar con motivación: «*Carpe diem!*».

—¿Violeta? —La voz de Yago suena animada, como si

él no hubiera salido de fiesta anoche y la resaca fuera solo cosa de mi imaginación.

Es domingo y tiene fiesta, no como yo; esa es la diferencia.

—¡No puedo, Yago! Debo irme volando. Llego tarde. ¡Y no soy rubia! —grito desde la habitación.

No entiendo cómo pueden algunos hombres confundir el castaño claro con el rubio. Desde luego, Yago debe hacerlo para fastidiarme, porque si no, no lo entiendo.

Cojo mi ropa, que está esparcida por todo el cuarto, y me cuelo en el baño. Mientras hago pis, se me ocurre la brillante idea de ojear el móvil y, sin poder evitarlo, busco a Tomás entre mi lista de amigos de Instagram. «¡No lo hagas, no lo hagas!» Lo hago. Ahí está él. Tan mío como siempre lo he visto, con su sonrisa perfecta, sus ojos ligeramente rasgados y ese cuerpo, ese cuerpo de vikingo empoderado, que me estaba devorando hace escasos minutos. Y ahí está ella. La que me lo arrebató. La que fue mejor que yo en tantas cosas que hizo que él no pudiera resistirse. «¡Dios mío, cuánto la odio!»

Cierro el teléfono, me miro en el espejo y me digo que soy perfecta tal como soy y que más pierde él. Nunca he tenido un cuerpo atlético por genética; soy más de tener siempre uno kilitos de más, pero a los hombres siempre les he gustado. Siempre han mencionado mis curvas como algo sexi y femenino, y yo me siento orgullosa de ello. «Di que sí, Violeta», me animo mientras lanzo una ojeada a mi culo respingón y arqueo la espalda poniéndome sexi. Muchos me dicen que tengo un aire a Scarlett Johansson en sus años más mozos, y eso sí que es un cumplido. Menuda mujer. Salgo disparada del baño en busca de mi neceser para maquillarme un poco. Paso por delante de la cocina corriendo y la imagen del torso desnudo de Yago, con solo unos calzoncillos, caros, por cierto, y sus gafas como único

17

complemento, me hace dudar. Su *look* de intelectual me ha atrapado desde el principio, y a veces su inteligencia me hace preguntarme si estoy a la altura de las chicas con las que suele estar; en fin, no sé, que al verle me entran ganas de ir a la cocina y repetir las poses que pusimos en práctica anoche y olvidarme de Tomás. Pero no puedo. El deber me llama y, si llego tarde, mi jefe me matará.

Siempre soñé con trabajar en una galería de arte como esta. En plena avenida principal, con sus ventanales inmensos llamando la atención de la gente que pasea por la gran ciudad, especialmente de la gente con dinero, sus grandes bóvedas y esas luces de acero de diseño industrial colgando del techo.

Lo que no imaginé es ser la chica de los recados. La primera que llega y la última que se va. Yo quería ser quien trata con los artistas, quien elige las obras, decora la sala, contrata el mejor *catering* y selecciona el vino. Incluso la artista, puestos a soñar. Pero no, soy la asistente de Jean Alfred, el exitoso agente de arte de París que ha inaugurado la bonita galería C'est l'art en el corazón de Barcelona. Hoy tenemos una exposición de una artista de Chicago que hace unas esculturas preciosas y muy originales, aunque yo jamás la hubiera elegido. Pero como he dicho, aquí ni pincho ni corto.

Me miro al espejo del recibidor de Yago, donde tengo el bolso colgado, e intento pensar qué puedo hacer con mi cara y mi pelo en cinco minutos. Por suerte, Yago vive a diez minutos en coche de la galería y espero encontrar un taxi a la primera. Tarea difícil hoy domingo en pleno centro. Saco el minineceser que llevo en el bolso y me desmaquillo los restos de la máscara de pestañas de ayer, aplico un poco de crema hidratante con olor a coco y me maquillo con un poco de tapaojeras, polvos matizantes y un finísimo *eyeliner*. El pelo es más complicado, así que decido hacerme una raya en medio y me hago un moño bien bajo. Elegante y resultón. Me visto con el vestido básico negro que llevé ayer en la fiesta y salgo disparada hacia la cocina.

—Gracias por el detalle, me muero de hambre, pero no puedo —me disculpo de nuevo antes de salir por la puerta.

—¡Hey, hey, hey! Te lo he puesto para llevar. —Me sigue hasta la puerta y me tiende un bocadillito envuelto en papel de plata.

—¡Qué glamur! El famoso chef Yago usando papel de plata —me burlo y le robo un beso fugaz—. Gracias por el detalle. —Le sonrío y salgo pitando, dejándole semidesnudo y con la palabra en la boca.

—¡Que vaya bien el día! —oigo que grita desde la puerta.

Bajo los escalones de dos en dos y al salir a la calle, *voilà*, ¡qué suerte!, un taxi libre está a punto de doblar la esquina. Consigo pararlo y subir. «Vamos, Violeta, hoy será un buen día», me digo, más convenciéndome que convencida.

Mientras el taxi recorre las avenidas principales del centro, no puedo parar de pensar en Yago; no entiendo cómo puede ser que no acabe de sentir esa conexión especial con él. Es curioso porque es adorable. Pero no logro que prenda en mí la chispa que he sentido otras veces, con otros hombres. Aunque debo admitir que después de Tomás no he vuelto a confiar en ninguno. Me prometí estar soltera de por vida tras su traición, y aunque Yago me tienta cada vez que estamos juntos, él tampoco parece tener interés en que nuestra relación vaya más allá de lo que es.

Sin darme cuenta, el taxi estaciona frente a C'est l'art, y trato de alejar mis pensamientos de él y centrarme en la jornada que tengo por delante. Busco las llaves en mi bolso

19

y las encuentro a la primera, cosa sorprendente. Enciendo las luces de la enorme galería una a una y observo la obra de la artista. Trato de entender estas enormes esculturas, pero me es imposible. Espero que tenga suerte, porque si por mí fuera, no vendería ni una.

Me cambio los zapatos planos por los tacones que siempre guardo en el despacho de Jean Alfred y hago un par de llamadas para confirmar que la cata de vinos está al llegar y el músico no se ha dormido. Una vez compruebo que está todo en orden, me tranquilizo y me preparo un buen café. Corto y con leche de arroz, como a mí me gusta. La única droga que no podré dejar jamás. Hojeo los papeles de la mesa de Alfred buscando la correspondencia para ordenársela como de costumbre y tirar todos los folletos publicitarios, y entre todos me llama la atención uno con letras muy llamativas que anuncia: «Escapa de tu vida y atrévete a vivir tus sueños». «Ojalá...», suspiro recordando el extraño sueño de esta mañana. De verdad que estoy tonta perdida queriendo soñar con Tomás una vez más. «Tonta de remate», me repito.

—¡*Bonjour*, Violeta!

La animada voz de mi jefe me sobresalta y se me cae el folleto de las manos. Es el típico francés con estilo, atractivo, de cuarenta años. Gay, algo altivo y egocéntrico, pero adorable conmigo. Puedo presumir de ser amiga de mi jefe, lo que para mí es mucho.

—Buenos días, Alfred. Llegas temprano.

—Sí, señorita, tengo todas mis esperanzas depositadas en esta artista. ¿Qué es esto? —me pregunta mientras se agacha y recoge el impreso.

—Dímelo tú. Estaba ordenando la correspondencia y lo vi.

—Déjame ver. *Oh là là!* —canturrea—. Es mi viejo amigo Christian Hill, un exitoso científico en el ámbito de

20

la psicología clínica y la neurociencia. Es un gran cliente, especialmente de las obras francesas. —Me tiende el folleto que se me había caído.

—¡Oh! —contesto sin saber muy bien qué decir.

Este hombre conoce a todas las personas importantes de la faz de la Tierra.

—¿No has oído hablar de los ensayos clínicos de inducción a sueños lúcidos?

—¿Estás hablando mi idioma? —me burlo con los ojos abiertos de par en par.

—Querida, tienes que leer más la prensa.

—Detesto la prensa.

—Pues así nunca podrás viajar a una vida idílica.

—¿Y para qué querría yo viajar a una vida idílica? —pregunto extrañada y sin entender nada de nada.

—Pues para ser feliz.

—Ya soy feliz, Alfred —le respondo sin estar muy segura.

—En ese caso, esto no es para ti —me dice, y tira del folleto hasta quitármelo de las manos. Frunzo el ceño y él me guiña un ojo—. ¡Volvamos al trabajo! —me dice finalmente.

En mi mente no para de dar vueltas el nombre de ese supuesto gran científico, Christian Hill. No sé qué será todo eso de los sueños lúcidos, pero ¿quién no querría trasladarse a una vida idílica?

«¡Deja de soñar, Violeta, y a trabajar!», mi voz interior siempre tan prudente, ojalá fuera tan insistente cuando se trata de comer bollos o comprar tarrinas de helado. ¡Maldita sea!

La exposición acaba siendo un éxito, para mi sorpresa, y al terminar estoy tan cansada y con tanto dolor de cabeza que decido irme a casa directa en metro.

Mi piso es pequeño pero mi buen gusto con la decoración hace que sea acogedor y cálido. Al estilo exposición de Ikea, todo ordenado por colores, los textiles a juego con las paredes, incluso con los libros de mi librería. Todo al detalle.

Nada más llegar, tomo una larga y fría ducha para despejarme, y me dispongo a preparar la cena. Cargo el teléfono después de todo el día sin batería y, como me temía, en cuanto lo enciendo, el buzón de llamadas y WhatsApp están que arden. Tres llamadas, un mensaje y dieciséis wasaps. Las llamadas, dos son de mi madre y una de Marta. Los wasaps, diez de Marta también, mi mejor amiga —qué insistente es cuando se lo propone—, dos de Yago, y los demás, de grupos de WhatsApp de los que debería salir y no salgo por miedo a quedar mal.

Dejo el móvil para más tarde y me preparo un buen plato de pasta; carbohidratos, ideal para dormir con el vientre a punto de estallar, pero un hambre voraz me sorprende a última hora. Mañana, ni hablar de pesarme por la mañana. Aunque creo que el gluten empieza a sentarme mal, me doy el capricho por lo mucho que me gusta. Aunque estoy pensando en dejarlo por un tiempo.

Me preparo una copita de vino tinto en mi gran copa de cristal, me siento a revisar los correos en el sofá y busco una nueva serie para ver, ahora que ya he acabado la que me tenía tan enganchada. Dudo si leer un rato, pero me decido por la serie.

Nada más abrir el ordenador, recuerdo la conversación con mi jefe sobre su viejo amigo y me entra la curiosidad, teniendo en cuenta mi fortuito sueño de esta mañana. Tomo un sorbo de mi copa de vino tinto y abro el buscador. Tecleo con sumo cuidado su nombre, «Christian Hill», y una decena de titulares inundan la pantalla. Necesito blues. Sin duda. Me acerco al viejo tocadiscos de mi padre y coloco un vinilo de Leon Bridges. Vuelvo al ordenador, doy un trago a mi copita y empiezo la búsqueda. Crecí viendo a mi padre tocar blues con su guitarra acústica y su copa de whisky siempre llena, mientras mi madre horneaba algo en la cocina todas las noches. El entrañable recuerdo me hace sonreír y me anoto en la agenda: «Llamar a mamá». Mañana, que ahora es muy tarde.

«El científico del año.»

«Christian Hill, el exitoso científico que ha cambiado el modo de ver la vida de los estadounidenses.»

«Por fin todos podremos experimentar los sueños lúcidos.»

«La revolución en neurociencia ha llegado.»

23

No entiendo de qué va todo esto, y aunque no soy muy asidua a cotillear en este tipo de titulares, la curiosidad me puede. Navego por un par de páginas en las que hablan del sueño inducido, hipnosis y cosas por el estilo, y al ver que no es de mi interés, cierro la pantalla de golpe y vuelvo a la cocina mientras acaban de cocerse los espaguetis.

La cena estaba exquisita. He seguido un par de trucos que me ha dado Yago sobre cómo dorar los ajos tiernos justo antes de añadir la salsa de leche de avena con una pizca de nuez moscada y pimienta negra que le ha dado un toque cremoso, picante y delicioso al plato. Mientras la música suena y me relaja, me tumbo en la cama desnuda y ojeo los mensajes aún pendientes de leer del móvil. Paso de la serie finalmente por hoy. Marta quiere saber cómo fue la noche con Yago; ella siempre tiene que saberlo todo. Le contesto con un escueto: «Comemos mañana en el Vegan Corner y charlamos», y abro los mensajes de Yago.

«Anoche estabas radiante en la inauguración.
Mi cama huele a ti.»

Me sonrojo y sonrío, pero decido contestarle mañana. Es tarde. Me relajo mientras el tocadiscos sigue ofreciéndome un concierto embaucador hasta caer rendida.

2

*L*unes. Hoy es mi día libre. Al fin, tras una semana a tope. He quedado con Marta, Pablo y Max para comer. Marta y yo nos conocimos en el estudio de yoga al que ambas vamos desde hace cuatro años, y entre estiramientos, saludos al sol y mantras, nos hicimos íntimas amigas. Pablo y Max son nuestros mejores amigos gais. Pablo trabaja en la pequeña pastelería que hay enfrente del estudio de yoga, a la que siempre vamos a pecar después de clase, y Max es su adorable novio escritor. Nos hemos hecho muy amigos, y la verdad es que han sido mi gran apoyo tras mi ruptura con Tomás. Salí y viví con él cinco años intensísimos. Era mi compañero de piso, aunque no duramos ni dos semanas como simples compañeros. Nos enrollamos una noche y el resto ya os lo podéis imaginar. Empezamos a salir juntos de manera formal. Lo que falló es que él no solo se enrollaba conmigo, sino también con su compañera de trabajo. Sí, sentí la infidelidad en cada poro de mi piel, y el problema es que jamás había dudado de él. Era atento, detallista y cariñoso. Y el sexo era sublime. Nunca sabes a quién tienes a tu lado. De él aprendí que no puedes confiar en nadie. Y aunque Marta y Max se pasan los días desmintiendo mis teorías sobre el círculo vicioso de las relaciones humanas, yo no cambio de opinión. Desde entonces pongo barrera con todos los hombres que conozco, y creo que por ello me va tan bien con Yago. Porque no espero nada ni presupongo que es mi príncipe azul. Disfruto de él y con él, y punto. Y por supuesto, no me cierro a conocer a más gente.

Limpio y ordeno un poco mi modesto pisito, y hago unos estiramientos en la nueva esterilla que he comprado para practicar yoga en casa. Me sienta de fábula moverme un poco por las mañanas, especialmente los días de fiesta. No suelo hacer sesiones de más de veinte minutos, pero esta nueva rutina me ha hecho sentirme más activa y a gusto conmigo misma.

Con un bonito vestido de lino beis, me dirijo en bicicleta al restaurante de moda en el que he quedado con mis amigos. Adoro pasear con la bicicleta por mi barrio, puesto que es un lugar tranquilo y alejado del bullicio del centro de la ciudad. Al llegar veo a los chicos sentados en la terracita bordeada de cactus y los saludo con un fuerte abrazo a cada uno.

—Tú siempre tan activa —me saluda Pablo con su incansable sonrisa y su pelo largo atado en una coleta.

—Hay que aprovechar el verano; sin darnos cuenta estaremos en otoño y no podré dar mis paseos matutinos con ella —contesto señalando mi preciosa bicicleta *vintage* con cestita de mimbre con la que también me gusta pasear por la playa los días de fiesta.

—Pues tienes razón —me defiende Max—. ¿Cómo ha ido esta semana por tu ajetreada vida?

—Puf... —Suspiro—. La verdad es que sin parar. ¿Y vosotros?

—Yo trato de escribir algo decente para mi próxima novela —contesta Max con humildad.

Su nuevo *look* me encanta. Se ha rapado el pelo al uno y se ha dejado un poquito de barba. Con sus gafitas de escritor, resulta muy sexi.

—Eres un buen escritor, seguro que será genial tu nuevo libro. Por cierto, ya estoy acabando el último y me tiene enganchada —le comento sincera.

Llega Marta, tan mona como siempre, con su larga melena lisa y rubia, sus ojos castaños, su nariz respingona y su peculiar estilo *fitness*.

—¿No me digas que vienes de hacer *running*? —pregunto cariñosamente con los ojos exageradamente abiertos.

—Mucho mejor, me he apuntado a clases de pilates en la playa.

—No me lo puedo creer. —Pone los ojos en blanco Pablo, que detesta el deporte, y su incipiente barriguita da fe de ello.

—Pues no te iría nada mal venirte conmigo, ¿eh, amigo? —le suelta ella en broma pero con mucha razón. Me río y Pablo me dirige una mirada asesina—. Anoche te escribí, Violeta, para que te vinieras. Pero como pasas de mí... —me suelta bromeando, aunque tiene ese punto melodramático que a mí me falta.

—Cariño, no les hagas ni caso, estás perfecto —le defiende Max mientras nos lanza una mirada de marica asesina.

—¡Uy, qué miedo! —vuelve a bromear la enérgica Marta—. Y tú, ¿qué?, duquesa del arte, ¿cómo va con tu Romeo?

—¿Mi Romeo? ¿Puedes ser más cursi?

—¡Uy! ¡Y tanto! ¿Cómo va con Fitzwilliam Darcy?

—¿Quién coño es ese? —abre la boca Pablo.

—Cariño, de verdad, qué decepción. —Max le da un codazo y rápidamente le informa—: Es el amado de Elizabeth Bennet en *Orgullo y prejuicio*, novela del siglo xix de Jane Austen. ¿De veras eres el futuro marido de un escritor de novela romántica clásica?

—Cariño, la novela romántica la dejamos para cuando

27

estemos en casa... —le contesta Pablo sensualmente mientras todos nos meamos de risa, pues muy intelectual no es que sea, la verdad.

—No, en serio, va, ¿os seguís viendo? —insiste Marta.

—¡Eso, eso, cuéntanos, porque, hija, estás de un soso últimamente! —se anima Max.

—Pero, bueno, ¿qué soy yo, el cotilleo de la semana, o qué?

—Mira, cielo, este y yo no tenemos secretos ya para vosotras, y la rubia Miss Fitness acabará casándose con el Bill Gates este con el que sale y está prometida. Eres nuestra motivación, nuestro gusanillo, ¿sabes?

—Serás capullo... —se defiende Marta tras la burla de Pablo sobre su ya más que estable novio—. La verdad es que yo, genial con Billy, no entiendo tanta bromita con él.

—Es broma, cariño, pero eres muy lista tú; no todos acabamos con millonarios, ¿sabes?

—¡Oye! —Max le lanza un pisotón por debajo de la mesa, pues es muy inteligente, talentoso y sexi, pero rico no es el adjetivo que lo define precisamente.

—Que sí, cariño, que yo prefiero vivir contigo y tus libros bajo un puente que en un ático en el Empire State.

—¡Ya te vale! —contesta Max y le planta un beso en la mejilla—. Bueno, al grano, va, ¿sigues viendo al chef?

—Sí, sí... —contesto perezosa—. Nos vemos de vez en cuando.

—¡No, guapa! De vez en cuando nada, que llevas varias noches sin dormir en casa.

—No, eso no es así, Marta, cariño, que no conteste a tus wasaps al instante no significa que no esté en casa.

—¡Anda ya! ¿Dónde has dormido hoy, eh, bonita? —me pregunta en plan sabelotodo.

—Pues en casa, Miss Fitness —le contesto picándola.

—Pero ¿qué tenéis con el *fitness*?

—Mucha pereza tenemos. —Se ríe Pablo, y de nuevo rompemos a reír todos, menos Marta, que nos dedica una mueca.

—Fuera bromas, sí, seguimos viéndonos, pero no sé... No acaba de encajar.

—¿El qué exactamente? —pregunta Pablo con curiosidad—. ¿Lo grande que la tiene? ¿El pedazo intelecto que parece tener? ¿O que te hace tanto el amor que no puedes ni andar?

—¡Halaaa, Pablo, qué bestia, tío! —Nos reímos—. ¿En serio crees que me refiero a algo sexual?

—Chica, no sé, cómo no vas a encajar con semejante partido. Empresario, culto, educado... Con dinero...

—Pues es extraño, porque es superamable conmigo, y el sexo es de diez y es monísimo, sí, es obvio, pero no sé, no me fío, y él tampoco es que me haya pedido más de lo que somos. El problema debo ser yo.

—¡Sí, desde luego que eres tú! Porque él no parece ser un problema. Más bien la solución. —Me guiña el ojo Marta.

Vale, admito que tienen razón y que, comparado con los últimos chicos con los que he salido o me he acostado, él parece la mejor opción. Pero no puedo elegir sentir lo que siento.

—Cambiando de tema, por favor. ¿Habéis oído hablar del científico ese que induce sueños? —pregunto intrigada para corroborar que soy la única que no lee la prensa ni ve las noticias de la tele.

—¿Christian Hot? ¿O algo así? —pregunta Max.

—Tú sí que estás *hot*. Christian Hill, sí —le corrige Marta.

—¿Te lo has tirado también? —Abre los ojos de par en par Pablo.

29

—Pero ¿estáis imbéciles o qué? —Me pico, esta vez en serio, con Pablo y Max, que se tronchan.

—No les hagas caso, hoy nos vacilan. Habrán tenido una noche de esas de pasión marica —se la devuelve Marta.

—Qué sensibles estáis hoy. Si no fuera porque os amo, juraría que estáis con la regla.

—No, por favor, ese comentario machista no. —Marta alza la voz por todas las feministas—. Sí, yo sí he oído hablar de ese tal Christian. De hecho, ayer vimos un documental sobre su proyecto en Internet.

—¿Y qué opináis? ¿Qué sentido tiene? —trato de indagar.

—Pues todo el sentido del mundo —responde Max sacando su vena de creador de historias—. Yo no, porque tengo la suerte de ser el hombre más feliz del mundo, pero imaginaros estar solteros y tener un trabajo de mierda y no haber encontrado a esa persona especial…, ¿por qué no probarlo?

—¿Acabas de definir mi vida en tres palabras aposta? —le pregunto con ironía.

—Na. Si no, hubiera nombrado al semental. —Se ríe sin poder disimular.

—¡Y dale! —me quejo—. Pues a mí me crea desconfianza.

—No, guapa, te crea curiosidad, ¿verdad? —pregunta Marta.

—Bueno, pues quizá sí… No lo sé. Ya sabéis que a mí todo esto del esoterismo me llama la atención. Pero es que ayer tuve un sueño rarísimo. En todo momento era consciente de que estaba soñando, y podía elegir lo que ocurría. Una paranoia…

—Ya, pero esto no tiene nada que ver con el tema esotérico ni con la magia. Tuviste un sueño lúcido —me aclara Max—. Y no es nada extraño, a muchas personas les pasa. ¿Qué soñaste?

—Nada que me sienta orgullosa de contar, de verdad. No vayamos por aquí.

Me miran con cara rara, pero curiosamente dejan pasar el tema y Marta sigue:

—Lo de Christian Hill es tecnología y neurociencia de la mano de los mejores científicos e ingenieros de Estados Unidos, y funciona. Quiero decir que en Estados Unidos ya lleva meses funcionando esa máquina y los comentarios de la gente son increíbles. Tienes que mirarte la web.

—Lo haré.

—¿Te atreverías a probar?

—Pues, tía… No sé… Después de la experiencia de anoche me ha picado el gusanillo —miento, pues el motivo por el cual querría volver a soñar es para tener cerca a Tomás de nuevo y que aún me quisiera.

Pero eso no se lo admitiré a mis amigos jamás. Ya creen que estoy suficientemente trastocada con el temita como para darle más bombo.

—Definitivamente, algo falla con el semental. —Pablo es incapaz de dejar de pensar en el pene de Yago, por lo que parece.

—¿Vas a seguir llamándolo así mucho tiempo más?

—¿Y tú vas a enfadarte porque te decimos verdades?

Pongo los ojos en blanco y paso de él. Lo amo, si no, ya le hubiera matado. Es peor que una vecina cotilla, es como toda una comunidad de cotillas. ¡Dios!

Nos pedimos un *brunch* delicioso junto a unos batidos naturales que están muy de moda en el local y hablamos sobre temas interesantes; aunque no parezcamos aptos para ello, lo somos. Cuando nos ponemos, nos ponemos. Max nos cuenta su nueva novela, a Pablo se le cae la baba y Marta nos cuenta que Bill le ha propuesto dar la vuelta al mundo el próximo verano. Yo poco tengo que contar, así que los escucho y disfruto de su compañía. No me saco de la cabeza esa máquina. Tengo ganas de llegar a casa para seguir investigando sobre ella y profundizar sobre el tema de los sueños lúcidos.

Ya son las seis de la tarde; hablando y hablando se nos ha hecho tarde. Pablo se va a la pastelería a trabajar y comer bollos, y los demás nos dirigimos cada uno a nuestra casa. Recuerdo que no he contestado aún el mensaje de Yago, ¡mierda!

«Cosa bonita, disculpa. Tenía comida con mis amigos y me he dejado el móvil en casa sin querer. ¿Cómo va el día?», miento.

Al momento lo veo en línea, me deja el «leído» y se desconecta. Genial.

Violeta 1, Yago 1. Empate.

Insisto:

«Delicioso el bocadillo de ayer por la mañana, el del papel de plata, jeje».

No se conecta, no lo lee. Mierda.

Al llegar a casa, busco de nuevo la web del científico y me atrevo a llamar al teléfono que indica para mi ciudad. Tras cuatro tonos, una mujer con acento inglés o extranjero me atiende amablemente. Tras una ronda de preguntas y respuestas escuetas, me dice que lo mejor es que pase por la consulta que acaban de inaugurar para informarme de todo. Me da cita para el jueves a las diez y al colgar pienso que he perdido la cabeza.

Escribo al grupo de cuatro que tenemos Marta, Pablo, Max y yo.

«Acabo de pedir hora con el científico Christian HOT», bromeo.

Al momento, Pablo se conecta.

Pablo: «No te lo ligues, eh».

Yo: «Estás fatal XD».

Marta: «Te acompaño». Y me abre un mensaje por privado fuera del grupo.

«La curiosidad mató al gato, tía...», me escribe.

«Más muerta de lo que estoy...» Me sorprendo yo misma al teclear esas palabras.

«Anda ya, te tiene que venir la regla, cariño, solo estás tristona.»

«Pues también.»

«Te llamo, espera.»

Y antes de que pueda siquiera contestarle, empieza a sonar el teléfono fijo. Lo cual significa que hay conversación para rato.

Tras una hora y veinte en el teléfono hablando de cómo nos sentimos, cómo nos hacemos mayores y nuestras relaciones van evolucionando y madurando con nosotras, me doy cuenta de que eso solo le pasa a ella y que yo estoy más perdida que nunca. Se lo confieso y Marta asegura que es cuestión de tiempo. La verdad es que me hace sentir mejor, aunque no me convence. Hace dos años me sentía la chica más afortunada del planeta: en mi pisito con Tomás, una vida envidiable, empezaba a trabajar en una galería de arte como siempre soñé; y ahora miradme, aquí estoy. Con casi treinta años, rebuscando en el congelador los restos del helado de chocolate que por poco me acabé de una vez el otro día. Cuando estoy triste, devoro las tarrinas de medio litro como si fuera cuestión de vida o muerte, y lo peor de todo es que ni siquiera me siento mal. Al contrario, pienso: «Si engordo, quien me quiera me tendrá que querer tal cual soy».

Navego por Internet mientras apuro las últimas cucharadas del helado y salto de una página a otra casi sin

33

pensar. Primero ojeo una web de ofertas de viajes y sueño con escapar lejos de la ciudad unos días para desconectar, a alguna playa paradisiaca o a algún paraje remoto en la otra punta del mundo. ¿Groenlandia? ¿Alaska? ¿Islandia? ¿Por qué no? Seguro que ahí logro olvidarme un poquito del caos que me rodea. Tras ver los precios desorbitados de mis búsquedas, abandono y me decanto por curiosear un poco Instagram. Acabo sin querer espiando la cuenta de Yago, quien, por lo que veo, ayer salió de fiesta y no me dijo nada. Un calambre en el pecho me sorprende y me digo que debería dejar de mirar su perfil. Cojo el móvil y marco su número. Se acabó, no voy a ser de esas que miran el teléfono cada media hora para ver si está en línea y si me contesta.

Después de tres tonos, Yago contesta con su peculiar voz ronca y profunda que tanto me gusta. Porque otra cosa no, pero es oírlo hablar y entrarme ganas de correr hasta su puerta.

—Violeta… —pronuncia mi nombre con sensualidad.

—Buenas tardes, perdona, que ayer me quedé KO —me excuso con la única intención de que sea él quien me dé explicaciones sobre por qué no me ha contestado aún. «Mierda, mierda, estoy cayendo en la trampa de siempre.»

—Nada, tranquila, me he tomado el día libre. Ayer salí con el equipo a celebrar otra vez la inauguración del nuevo local. Como no te contactaba, no pude avisarte.

«¡Maldita sea! Encima, sincero. Desde luego, la que falla soy yo.»

—¿Lo pasasteis bien?

—Sí, mucho, pero faltabas tú en mi cama al acabar.

Me muerdo el labio y suelto una sonrisa traviesa.

—¿Comemos el viernes? ¿Te apetece pasarte por el local? Te preparo algo rico; estaré liado, pero así te veo.

—Vale, suena genial. Pasa buena tarde y que sea leve la semana.

—Eso espero, porque tengo que diseñar dos *caterings* para finales de mes.

—Lo sé. Pues ¡hasta el viernes!

Cuelgo más tranquila después de hablar con Yago y fantaseo con mi cita del jueves. ¿Será real que a través de esa máquina puedes tener la experiencia de estar en una vida idílica a través de un sueño? Sea como sea, pienso jugármela.

3

*J*ueves. Nerviosa como una adolescente antes de su primera cita, me preparo el desayuno. Cojo un par de rebanadas de pan de nueces y las unto con mantequilla de cacahuete y un poco de mermelada de higos. Exprimo un par de naranjas y desayuno con calma delante del gran ventanal de mi pequeño piso. Adoro levantarme antes de lo necesario para tener tiempo de sobra para disfrutar de mi momento preferido. Abro la última novela de Max y leo un par de capítulos entre mordisco y mordisco. Mientras el sol de las siete de la mañana se asoma tímido entre mis nuevas cortinas, me dejo llevar por los romances del sigo XVIII de la imaginación de mi amigo. Es increíble el modo en que consigue hacerte creer que lo que le pasa a la protagonista te pasa a ti.

Cuando acabo, miro el móvil para revisar que no haya ningún mensaje importante de la galería, pues le he pedido la mañana libre a Alfred sin dar más explicaciones, y veo un wasap de Marta: no puede acompañarme porque su entrenador personal le ha prohibido saltarse el entreno de hoy. «Bajo ningún concepto», cita textualmente las palabras de su entrenador. Me va a tocar ir sola al final, y casi que lo prefiero. Ella y yo no tenemos secretos, excepto que volví a soñar con Tomás. Así que al salir se lo contaré todo, pero me apetece hacer esto por mi cuenta, por si acaso es una chorrada. En fin. Me pongo unos vaqueros y una camiseta básica negra, cojo el bolso y salgo por la puerta. Veamos de qué va esa máquina de la que tanta gente habla.

Decido coger la moto para llegar antes, puesto que el pequeño laboratorio Hill, así se llama, se encuentra en un polígono de las afueras y no me apetece caminar veinte minutos desde el metro hasta allí. Hace un día soleado de verano y me siento de buen humor; definitivamente, aún no me va a bajar la regla.

Al llegar veo un lujoso local acristalado. Debe de ser nuevo, porque no recuerdo nada tan moderno en este polígono. Los cristales están forrados con una especie de vinilo translúcido que no permite ver el interior, y con un elegante y finísimo cartel pone con letras muy básicas y en mayúscula CHRISTIAN HILL coronando la puerta de entrada.

La amable recepcionista me sonríe cálidamente y me indica que espere en la salita que hay frente a ella.

—¿Señorita Violeta Díaz?

—Sí, soy yo.

—Bien, pues en un ratito estará con usted una de nuestras colaboradoras para contarle cómo funciona todo y resolver sus dudas.

—Gracias.

Me siento y cojo el último número de *Muy Interesante* de la mesita de la sala. Por suerte, nada de prensa del corazón, solo ejemplares de dicha revista, de *Ciencia y Tecnología* y del *National Geographic*.

Tras diez minutos de espera, una mujer entrada en los cincuenta se dirige a mí y me pide que la siga. Todo recuerda a una consulta de médico hasta que entro en el despacho.

Es cálido, no como las consultas frías e impersonales de los hospitales. Este espacio recuerda más a una cabina de depilación de alto *standing*. La luz es cálida y detrás de mí hay una camilla y una mesita con velas, aunque están apagadas.

—Siéntate, por favor —me invita la amable señora.

—Gracias, qué bonito es todo —digo no sé muy bien por qué, quizá porque estoy nerviosa y pretendo romper el hielo.

—Oh, gracias. Mi nombre es Madeline. —Me sonríe como si la decoración fuera obra suya—. Veamos, ¿a través de dónde nos has conocido? Disculpa, cariño, son preguntas rutinarias, ahora empezará lo interesante.

Le sonrío y sé que nota mi nerviosismo.

—Por un folleto.

—Bien. —Anota algo en su gran libreta de color morado—. ¿Sabes cómo funciona esto?

—La verdad, le agradecería que me lo contara todo desde el principio porque ando un poco perdida.

—Claro, cariño, sin problema. —Se baja las gafas de ver que sostiene con un cordón en su cuello y empieza a explicarse—: Bien, empezamos por lo básico entonces. ¿Alguna vez has tenido un sueño lúcido?

—No estoy muy segura... —contesto sin animarme a explicarle mi último sueño.

—Un sueño lúcido se caracteriza porque el sujeto es consciente de estar soñando. Se puede dar espontáneamente o ser inducido mediante prácticas y ejercicios. Y en todo momento la persona puede tomar decisiones sobre qué hacer.

—En ese caso, sí, la otra noche experimenté uno por primera vez. Aunque no estaba muy segura de si era eso. Pero sí, veo que sí.

—Oh, fantástico. Antes de nada, debo avisarte de que no todo el mundo puede someterse a la máquina. Puesto que no todos tenemos la misma capacidad para tener sueños lúcidos, y aunque nosotros los inducimos, también es importante la predisposición consciente e inconsciente del paciente.

39

Asiento como una alumna ante su profesora.

—Sí, eso lo leí en la web.

—Bien, ante cualquier duda me interrumpes, por favor. Christian Hill, nuestro fundador, ha creado un equipo muy avanzado, compuesto por unos electrodos que se colocan a ambos lados de la cabeza a la altura de la frente y las sienes, donde se encuentra el lóbulo frontal del cerebro. Estos van conectados a un gran ordenador a través del cual se crea ese sueño lúcido. —Asiento atenta—. Es más sencillo de lo que parece. —Se ríe al ver mi cara de concentración.

—No lo parece a simple vista.

—Te lo contaré de un modo muy sencillo antes de someterte al experimento.

—¿Experimento?

—Sí, querida. El equipo está en fase experimental en España. Aunque lleva meses funcionando en Estados Unidos. Cada país tiene que pasar una fase de prueba antes de comercializarlo. Por ello no tiene coste ninguno.

—¿Es gratis someterse a la máquina?

—Sí —confirma educadamente.

—Oh, genial, no tenía ni idea.

—Bien, como te decía, para que entiendas su funcionamiento, voy a dejar los tecnicismos de lado. Antes de empezar, hay que pasar por un proceso a través del cual incorporarás todos tus datos en nuestro ordenador. Para crearte una vida idílica y ajustada a tus anhelos y deseos, el ordenador debe conocer todos tus movimientos, inquietudes e intereses. Por ello debes iniciar sesión en todas tus redes sociales, buscadores, correo electrónico, tu banco *on line*, tus tiendas de compra más habituales, sean las que sean, Amazon, AliExpress... Necesitamos toda la información que generas al navegar. También necesitamos acceso al ordenador personal del paciente, para que de ese modo la máquina pueda hacer un sondeo exhaustivo y profundo.

—¿A través de mi ordenador y de mis cuentas? —dudo.

—Por supuesto. Como al navegar generas *cookies*, se guardan todos tus intereses, si buscas mucho sobre viajes o sobre cocina, o si llevas meses visitando una web de zapatos de marca, todo queda registrado, pues nuestros movimientos en Internet delatan nuestra mente. Hoy en día todo lo buscamos en la red. Y por ello, al acceder a la nube de tus búsquedas, nuestro ordenador puede hacerse una idea de cómo sería tu vida ideal. Viajando a esos países que tanto miras, teniendo esos zapatos que nunca compras, enamorándote de ese chico al que tanto espías por las redes… —Me guiña un ojo y me sonrojo—. Ajá, todos tenemos secretos de esos. No te preocupes, todo es cien por cien anónimo y seguro. Es decir, nadie va a conocer tu intimidad. Es algo que hace el equipo de manera profesional, y una vez termina la sesión se cierran todas las cuentas y se borran todos los archivos. Firmamos un contrato de confidencialidad, por supuesto.

—Parece complejo.

—En realidad, no lo es. Otra cosita importante: para inducir el sueño lúcido utilizamos una combinación de dos fármacos hipnóticos por vía intravenosa.

—Eso suena a drogas.

—Y lo son. Es lo que se utiliza en hospitales para sedar y anestesiar, pero en una dosis muy baja, así que no es peligroso a no ser que presentes alguna alergia. Hacemos pruebas previas, no tienes de qué preocuparte.

—Lo que no acabo de entender es, una vez que su máquina tiene todos mis datos, movimientos bancarios, *cookies* y demás…, ¿cómo puede meter eso en mi cerebro?

—Los sueños lúcidos pueden ser inducidos estimulando las ondas gamma de la persona cuando duerme. Las áreas con más funciones están en la parte frontal del cerebro y están activas durante los sueños lúcidos, la idea es que nosotros estimulemos esa parte. Los electrodos producen una pequeña corriente eléctrica variable desde los 0,8 hasta los 2,0 miliamperios en su córtex prefrontal. Nuestros electrodos funcionan por TDCS, estimulación transcraneal con corriente continua, y usan impulsos constantes de baja potencia que se suministran directamente a la zona interesada del cerebro, incrementando así la plasticidad neuronal de tu cerebro e induciendo toda la información que nos has facilitado. El equipo preprograma una vida para el paciente que le es introducida mediante el cuarto electrodo en la parte del cerebro donde se crean los recuerdos, haciendo así que sueñe con lo que nosotros hemos diseñado y bloqueando otros pensamientos y recuerdos que puedan alterar la vida idílica que hemos diseñado para cada uno.

—¿Y cuánto tiempo voy a estar sometida a la máquina?

—El mínimo para asegurar la inclusión de la vida idílica al sueño lúcido son dos horas. Dos horas de tiempo real, aunque para ti la sensación será de estar más o menos dos o tres días en esa vida, pero al despertar solo habrán pasado dos horas.

—¿Y cómo es eso posible? —pregunto realmente interesada.

—La ilusión del tiempo no es más que una creación del cerebro mismo, cuando soñamos, pero también cuando estamos despiertos. El tiempo no existe, es relativo. Piensa que lo medimos en segundos, minutos y horas para controlarlo, pero en realidad es una invención humana. ¿No te pasa que a veces diez minutos se te hacen eternos y otras veces una hora te pasa volando?

—Sí, suele pasarme. —Me río.

—Bien, pues es algo así. El tiempo mental es inespecífico y relativo.

—Y si quiero volver, ¿puedo? ¿Puedo despertarme?

—Sí, por supuesto. Al ser un sueño lúcido, en todo momento serás consciente de dónde estás y por qué. Podrás decidir qué hacer en tu nueva vida, incluso volver a despertar. Aunque permíteme que te lo adelante. No querrás hacerlo. Es importante que entiendas que, aunque serás consciente de todo y podrás elegir, los demás sujetos que interactúan en tu sueño no son más que personajes. Es decir, son las proyecciones de la gente que la máquina ha seleccionado para que te relaciones. Ni son reales ni están conscientes como tú. Para que me entiendas, son como personajes de un videojuego. Desarrollarán su papel, el papel que la máquina ha diseñado para ellos, y tú no podrás alterarlo. Si, por ejemplo, alguien es tu empleado, tú no puedes decirle que deje de serlo, porque no es más que un personaje. Con ello te quiero decir que solo tú eres una persona real.

—Vale… Entonces, a ver si me ha quedado claro. Yo introduciré todos mis datos en el ordenador y este diseñará una vida idílica siguiendo mis gustos, y luego, mediante los fármacos, me dormirán y con los electrodos introducirán en mi cerebro esta información y provocarán un sueño lúcido mediante el cual podré vivir la experiencia de esta vida idílica. ¿Es así? Y las personas con las que viva la experiencia no son reales, son solo personajes. ¿Sí? ¿Tú lo has probado? —le pregunto realmente interesada tras su afirmación tan rotunda. Tengo mil dudas bailoteando por mi cerebro.

—Así es. Y por supuesto, lo he probado. Y te aseguro que tendrás el mejor sueño de toda tu vida. —Sonríe de nuevo.

—¡Me has convencido! ¿Cuándo empezamos?

—Al estar en fase experimental, antes de nada debes rellenar un formulario junto a un contrato y pasar las pruebas médicas previas. Puedes hacerlo ahora o pedir cita para otro día.

—Ahora —afirmo segura.

43

—Veo que me he explicado bien —sonríe Madeline—. Yo misma seré tu acompañante en esta aventura.

Rebusca en los cajones unos papeles y me tiende una carpetita con el logo de Christian Hill idéntico al de la entrada.

—Tómate tu tiempo para leer y comprender todos los puntos. Cuando estés, puedes salir y entregarlo en recepción; luego te haré las pruebas médicas y una de compatibilidad con los fármacos.

—Estupendo. Gracias, Madeline.

—Voy a atender a otro paciente. Ante cualquier duda, marca la casilla y en recepción te lo aclarará mi compañera.

Leo con atención todos los puntos y cada vez me entran más ganas e intriga. Tengo que hacerlo. ¿Qué puedo perder? Me detengo en el apartado de «riesgos y contraindicaciones». No había caído en que habría una cláusula de estas. La leo con desconfianza: «La alta exposición a periodos prolongados de fármacos hipnóticos puede causar alteraciones en el sistema nervioso y los ciclos del sueño». Parpadeo y me digo que esto solo ocurre si te sometes muchas veces a la máquina esta. Pero no será mi caso, yo solo quiero probar. «Los impulsos eléctricos de tipo gamma pueden provocar alteraciones psíquicas en el paciente.» Marco con una cruz este apartado para que me lo expliquen mejor, pues esto ya no me parece tan irrelevante. «No se pueden dar datos personales en el sueño lúcido, con el fin de lograr que los pacientes se centren en esa vida idílica y dejen en un segundo plano su vida real.» «Tampoco se puede tratar de alterar la vida real con información proveniente de los sueños.» No entiendo muy bien estas últimas cláusulas. Parece que no podré recordar quién soy en realidad mientras esté en mi vida idílica. No me queda claro, pero no le doy tanta importancia como a las dos anteriores. Por lo demás, todo me parece correcto. Me levanto y me dirijo a recepción para entregar el formulario. La recepcionista se pone en pie y me sonríe.

—Muchas gracias, ¿tiene alguna duda?

—Sí, la verdad. —Señalo el asterisco que he marcado.

—Oh. —Asiente entendiendo mis dudas—. Se refiere a que largas exposiciones a impulsos gamma pueden dañar las sinapsis neuronales. Es decir, como cuando una persona se droga, que se deteriora el funcionamiento neuronal. Pero ha de ser con grandes cantidades de droga, ¿entiende? En este caso se refiere a estar muchas horas todos los días. Pero no se preocupe, las sesiones son siempre de dos horas.

No sé por qué, pero la creo. Quizá por las ganas que tengo de empezar o porque soy cero negativa.

—¿Está preparada para la prueba, señorita? —me pregunta a continuación.

—¿Voy a soñar?

—No, hoy solamente vamos a administrarle los fármacos para comprobar que los tolera bien, desde una dosis muy pequeña a la real. Es para descartar posibles problemas. Si todo va bien hoy, al salir le daré hora para su primera sesión.

—Genial. Cuando usted diga.

Me conduce a otra sala. En esta las velas están encendidas y un hilo musical embaucador, no la típica música de ascensor o sala de estar, llena la estancia. Suena como una mezcla de *chill out* y mantras. Me tumbo en la camilla y espero a que venga quien sea que tenga que venir. Tras cinco minutos escuchando esa música siento que me voy a quedar dormida de tanta relajación sin ayuda de ningún fármaco. Madeline entra en la habitación acompañada de una enfermera; lo deduzco por su bata y la carpeta que lleva. Revisa mi contrato, todo el apartado de alergias, enfermedades y demás, y me pide que me relaje. Tarea fácil en este lugar tan acogedor.

—Ella es Sophie, nos ayudará con la prueba. Voy a ponerte una vía, ¿de acuerdo? Apenas dolerá —me indica con amabilidad.

—Tranquila. Sin problema.

—Cierra los ojos y respira pausadamente —me pide en un tono suave, como si se tratara de una masajista en vez de una enfermera.

La verdad es que no me duele en absoluto, y sin darme cuenta, dejo de estar ahí.

—Violeta, hola, ¿te sientes bien? —Una voz suave me desvela, y me despierto plácida y lentamente, algo desubicada—. Tranquila, no te muevas aún. Soy Madeline.

—Oh, sí... —contesto recobrando la conciencia—. ¿Ha ido bien?

—Estupendamente, te has quedado dormida enseguida. —Me sonríe mientras me ayuda a incorporarme.

Trato de buscar un reloj para ver cuánto rato ha pasado. Madeline interpreta mi gesto y me ayuda.

—Cuarenta minutos, cielo. Hemos hecho una prueba de diez minutos con los fármacos y luego hemos dejado que te despiertes a tu ritmo. Todo ha ido genial. Eres apta para someterte a la máquina.

—¡Qué bien! —Una repentina emoción me invade el cuerpo y me alegro de verdad.

—Nuestra compañera de recepción te dará hora.

—Gracias.

Salgo disparada y por poco no voy dando saltitos de la ilusión. Me siento como nueva, relajada y feliz. Algo torpe, pero entusiasmada. ¿Será por las drogas? Porque, por más que los llamen «fármacos», eso es droga dura. Sí, sin duda es por la droga. La chica con acento extranjero de la recepción me sonríe como si me leyera la mente.

—Tiene buena cara, me alegro de que haya ido bien.

—Sí, tengo muchas ganas de empezar. ¿Cuándo podría ser?

—El próximo jueves a las diez. La sesión dura dos horas, pero es muy importante que venga preparada psicológicamente porque para usted será como estar tres días fuera.

—No lo había pensado así.

—Y también porque, aunque al despertar solo habrán pasado dos horas, le podría generar angustia o malestar estar tantos días fuera a nivel consciente, dentro del sueño. Mi consejo siempre es no dejar cosas pendientes: llamadas, colada… Aunque parezca una tontería, créame, no lo es.

—Sí, entiendo, intentaré no dejarme el horno encendido —bromeo.

—Parece una tontería, pero esas pequeñas cosas ayudan. —Se ríe conmigo y me hace sentir a gusto.

—Me iré preparando. —Le devuelvo la sonrisa y me despido hasta el jueves que viene.

Una semanita por delante. Una semana para volver a estar con Tomás y pasar tres días con él. Nada más pensarlo me pregunto si todo esto es por Tomás. Y por un momento me siento la mayor gilipollas de la faz de la Tierra. Además, podría no ser así, podría no aparecer en mis sueños. Aunque con la de veces que curioseo su Instagram, fijo que sí.

4

*L*lamo a Marta enseguida para contarle mi visita y lo emocionada que estoy. Quedamos para ir juntas a yoga esta tarde y contárselo todo con detalle. Ya va siendo hora de que le confiese mis pensamientos. Me doy una ducha rápida, como una ensalada —sosa no, lo siguiente— y me visto con mis *leggins* y mi top preferido, dispuesta a salir para el estudio de yoga justo cuando recibo un wasap que me deja sin habla. Es Tomás.

«Violeta, cuánto tiempo... Espero que te vaya todo genial.
Me gustaría verte y ponernos al día.
¿Cómo tienes el finde?
Nos vemos. Tom.»

«¿Qué coño significa esto?» Me da un vuelco el estómago y no me lo puedo creer. Salgo pitando de casa en la bici deseando llegar lo más rápido posible al estudio.

Marta me espera en la puerta bebiendo un té matcha helado, para variar.

—Tía, no te vas a creer quién me ha escrito.

—En ese caso... ¿Tomás?

—¿Cómo lo sabes? —le pregunto mientras aparco la bici y abro los ojos como platos

—Estás histérica, neurótica, y te oigo latir el corazón desbocado desde aquí.

—Eres tonta. —Abrazo a mi amiga y me tiende el té helado.

—Gracias, aunque creo que necesito más hielo para asimilar esto.

—No entiendo cómo, después de un año, sigues poniéndote así.

—Ni yo… Pero ¿qué le digo?

—Que vaya a tirarse a su secretaria —se indigna.

—Calla. Hace seis meses que no hablo con él. La última vez le escribí y la conversación duró treinta segundos. Penoso.

—¿No le has contestado aún? Te haces la dura. ¿Dónde está Violeta?

Me entra la risa, porque tiene razón.

—Mordiéndose las uñas por no responderle ya: «Dónde, cuándo, sísísí».

Marta y yo nos meamos de risa y me saca el móvil de las manos.

—Eh, ¿qué haces?

—Esconderlo para que no respondas aún.

—Mala —la riño. Pero se lo agradezco.

—Y ahora vamos a sudar como campeonas haciendo saludos al sol.

—Pero luego le contesto, ¿eh?

—Pero ¿de verdad quieres verlo y volver a pasarlo mal?

—No, la verdad.

Tras dos horas de estiramientos y meditación, salimos y cruzamos la calle para merendar en la cafetería de Pablo, que al vernos nos hace una reverencia.

—¿Ya habéis quemado todas las calorías que vais a volver a ingerir ahora mismo?

—Pablo, el yoga no es para quemar calorías —le corrige Marta, siempre tan correcta.

—Cierto, cierto. Es para encontrar vuestro centro —se burla, y nos trae la carta.

—Lo de siempre, querido —le digo siguiéndole el rollo.

—Marchando.

—Va, ten tu móvil. Haz lo que tengas que hacer.

Miro la pantalla y Yago me ha enviado dos wasaps. Joder, me sabe fatal por él.

«Ganas de verte mañana.»

«¿Seguro que estás bien? El otro día te levantaste rarísima.»

—Mira, tía. —Le tiendo el móvil a Marta.

—¿Por qué no pasas de Tom de una vez? Yago es monísimo.

—Sí, lo sé, y de verdad me gusta, pero no sé, falta algo.

—Concentración, Vio, concentración te falta; te pasas la vida recordando al cerdo de Tomás.

—¡Eh! —la regaño.

—Eh, nada, parece que te tengo que recordar lo capullo que fue.

—No, no hace falta, pero la gente se equivoca.

—No… La gente no se equivoca teniendo dos relaciones a la vez.

—Vale, vale. Tienes razón.

Medito por un momento y decido contestarle para poder olvidarme del maldito mensaje. Allá voy.

«Tom, ¡qué sorpresa! Yo de maravilla, ¿y tú?
¿Ocurre algo? Si quieres tomar algo, por mí bien.
La semana que viene si te apetece. Un saludo.»

51

—Mira, ¿está bien? —pregunto a Marta, que pone los ojos en blanco y suspira.

—Mira, paso, si quieres saltar al vacío y estrellarte, tu verás. Solo espero que no te vuelva loca. Yo añadiría un «¡Capullo!» al final del mensaje.

—Que nooo. Va, dime, ¿está bien?

—Sí, has fingido muy bien que no me dejarías aquí tirada ahora mismo para ir corriendo a verlo. Lo de «la semana que viene», muy de farol, pero estoy orgullosa.

Nos reímos y le doy a «Enviar». Mierda, ahora me pasaré el resto de la tarde y la noche mirando si está conectado para ver si contesta.

—Prométeme que serás lista —me suplica Marta, como buena amiga que es.

—Prometido. El caso es que todo es por él...

—¿El qué es por él?

—Lo de la vida idílica y demás...

—No entiendo nada.

—El sueño lúcido que tuve el otro día fue con él. Ahora que pienso, quizá él también haya soñado conmigo y por eso ha pensado en escribirme. ¿Quién sabe?

—De verdad, cielo, ¿todo esto es por este tío? De verdad que no entiendo qué tiene o qué te daba, solo quiero que seas feliz. Todo esto me preocupa. Si Yago no es suficiente, espero que encuentres a alguien que te haga quitártelo de la cabeza, o que de repente te apetezca estar sola de una vez por todas y no necesites pensar en él ni en ningún otro tío.

—Sí, eso también lo deseo yo, pero no puedo hacer nada. Por favor, tía, no me juzgues, o sea, que no es que disfrute con esto —le confieso por primera vez—. Lo paso mal, me rayo, le doy mil vueltas, me siento miserable y patética, y acabo llorando escuchando música y comiendo helado. ¿De veras crees que quiero vivir así?

—No suena bien… Lo siento, Vio, no quería atacarte. Imagino que cada persona es un mundo, y a ti te está costando superar esto. Habías planeado una vida y no aceptas que no va a ser así.

—Ese es mi problema, que sigo queriendo que esa vida sea la mía. Y ya no lo es.

—Entiendo, entonces, que necesites este estímulo de los sueños lúcidos y quedar con él, seguro que algo aprendes de todo esto o, quién sabe, quizá acabáis volviendo, quizá se ha dado cuenta de lo mucho que ha perdido y quiere pedirte una oportunidad… Pero quiero que en todo momento pienses en ti, ¿vale? Yo te apoyo hagas lo que hagas. Lo sabes, ¿verdad?

—Gracias, Marta.

Le agradezco su apoyo y nos damos un abrazo.

Tomamos nuestro *smoothie* preferido y charlamos de todo un poco; se hace tarde y Marta ha quedado con Bill, que la viene a recoger en su cochazo. Honestamente yo sí entiendo que se quiera casar con él. Es bueno, guapo y rico. ¿Por qué no?

Cojo la bicicleta para volver a casa y decido pasar por el local de Yago a hacerle una visita sorpresa, ya que aún no le he contestado a su doble mensaje. ¡Soy un caso! Tras dar una buena vuelta por toda la ciudad, llego a su local y llamo al timbre. Tarda cinco minutos en abrir la puerta como poco y empiezo a pensar que no está. Pero, para mi sorpresa, un Yago lleno de harina con un delantal gris oscuro atado a la cintura abre la puerta con cara de asombro.

—Vaya, vaya, la bella durmiente.

Lo beso con pasión y de un empujón entramos a su local. Está solo, y sin dudarlo se desata el delantal, me coge en brazos y me lleva hasta el sofá de la sala de los empleados. La luz está apagada y ni la enciende. Se sienta y me siento encima de él mientras me desato el top que llevo y él se quita la camisa.

53

—Te echaba de menos —confieso sincera, pues cada vez que lo tengo cerca mi deseo aumenta a cien por hora y me olvido un poco de Tomás.

—Se nota —me susurra mientras me besa el cuello y me quita el sujetador.

Recorre a besos mis pechos y me sienta en el sofá poniéndose él encima. Va bajando por mis costillas, luego por mis caderas hasta llegar entre mis piernas; noto sus labios carnosos y cálidos en mí y me estremezco. Cierro los ojos y lo agarro del pelo con fuerza para que siga besando con pasión mi parte más íntima cuando, de repente, suena el timbre. «Maldita sea.»

—No vayas —le ruego entre gemidos.

—No puedo… Mierda, creo que es un proveedor. ¿Qué hora es?

—Muy tarde… —le contesto para que no vaya.

—Pequeña, tengo que abrir. Lo siento.

«Mierda.» Y mientras sale de la salita, me visto, ya sin ganas de seguir con el tema. En realidad, hoy no me siento muy bien por culpa del maldito mensaje, del que, por cierto, aún no he recibido respuesta. Creo que me voy a ir a casa. Tras cinco minutos, Yago vuelve.

—Vaya…, ¿te vas?

—Creo que sí, cielo…

—Te invito a cenar y así pruebas un menú que he preparado.

—Mmmmm… —En realidad, no dudo y acepto—. Hecho. Con la comida me ganas.

—Lo sé.

Pasamos una bonita velada charlando y contándonos cosas, y le confieso lo del experimento del doctor Hill. Al igual que yo antes de la consulta, no tiene ni idea de qué se trata y se lo explico con todo lujo de detalles. Me anima a hacerlo y a contarle la experiencia.

Terminamos de cenar tarde y Yago insiste en llevarme a casa. Dejo la bicicleta en su local y vamos en su coche. Lo invito a subir y acabamos lo que habíamos empezado en su sofá. Antes de acostarme, miro el móvil y veo que Tomás ha contestado.

«Nos llamamos la próxima semana.
Me alegra saber de ti.»

Como siempre, escueto, directo y poco profundo. Apago el móvil y cierro los ojos. Yago se ha quedado dormido, le doy la espalda y trato de no pensar más.

5

La semana se me ha hecho larguísima esperando a que llegara el día de hoy. Tomás no ha vuelto a escribir ni ha llamado. He trabajado horas extras en la galería, no he podido hacer yoga ni un día, ni ver a mis amigos. Pasé el finde con Yago y la semana a tope, sin ver a nadie más. Pero ya es jueves. Al fin. Esta vez he decidido ir en metro; necesito caminar para sacarme estos nervios de encima. Anoche apenas dormí dándole vueltas al tema. Admito que estoy muerta de miedo. Lo he dejado todo hecho en casa, como si me fuera de viaje. No sé, es extraño pensar que voy a estar varios días fuera y que luego al regresar solo habrán pasado dos horas. ¿Me afectará? ¿Tendré *jet lag*? ¿Acabaré en un psiquiátrico? Aparto de mi mente todas las dudas y abro la puerta del acristalado local. La chica con acento extranjero me saluda amablemente y me indica que la siga. Esta vez, nada de sala de espera.

Entramos a una sala parecida a la de la prueba del otro día y me pide que espere un par de minutos. Me muerdo las uñas, miro el techo, el suelo, el techo, el suelo. «Por dios, ¡que venga alguien ya!» Madeline entra y me saluda con dos besos.

—Bienvenida de nuevo. Hoy es el gran día.

—Estoy histérica —le confieso, y ambas nos reímos.

—Perfecto, Violeta, es normal. No te preocupes. Todo irá genial. —Me acaricia el brazo en un intento de tranquilizarme—. Si eres tan amable, necesito que me pases tu portátil, vamos a conectarlo. Accederemos a tu historial de los últimos meses y comprobaremos que tienes todas las sesiones abiertas. Redes sociales, banca *online*, *e-mail*... Veamos. —Me sonríe y se pone a revisarlo todo con mi permiso.

La verdad es que he estado chequeando mi historial estos días y borrando algunas cosas que no me interesaba que se supieran, tonterías, pero en definitiva cosas que no quería que interfirieran en mi nueva vida momentánea.

—Has borrado cosas, por lo que veo...

—Hum... —«Mierda, me ha pillado», pienso.

—No hacía falta borrar nada, nuestro sistema puede chequear y recuperarlo todo. Relájate, cariño, es confidencial. Y al fin y al cabo, tú decides qué hacer y qué no; es tu sueño.

—Disculpa, no lo sabía. —Me ruborizo.

—Es lo más común. No pasa nada. —Me sonríe—. Ahora necesito que rellenes este formulario. Es un poco largo, pero en cuanto acabes, dejaremos que el ordenador lo procese todo y empezaremos con la sesión de hoy. ¿Quieres tomar algo antes de empezar? Un zumo, agua...

—Un vaso de agua, por favor.

Siento un nudo en el estómago y ganas de salir corriendo. ¿Estoy haciendo lo correcto? No tengo ni idea... Por primera vez desde que me metí en este lío quiero echarme atrás. ¿Y si no me gusta lo que la máquina prediseña para mí y tengo que vivirlo? O ¿y si no sé salir o parar? Mierda..., necesito llamar a Yago. ¿Por qué pienso en Yago ahora? No lo sé, pero ahora mismo me gustaría que me viniera a buscar.

—Ya está todo listo. Si me sigues, vamos a empezar.

—Claro. —Finjo tranquilidad. «Mierda, mierda, mierda.»

Apago el teléfono móvil mientras entramos a una sala

mucho más grande, en la que hay una cama como las de hospital y una gran máquina al lado, con un montón de cables, electrodos y una pantalla enorme.

—¿Es esta...?

—Esta es; no la temas, es muy grande pero no come a nadie.

—Eso espero...

Me siento en la cama.

—¿Me va a doler?

—No más que el día de la prueba.

«Bien, pues hazlo ya», pienso, y cierro los ojos y suspiro. Madeline empieza a colocarme los electrodos en las sienes y me pide que me relaje.

—No tienes de qué preocuparte, todo va a ir bien. Si quieres volver, solo tienes que pulsar este botón. —Me tiende un pequeño interruptor—. Te aseguro que, aun estando dormida, podrás hacerlo. No lo sueltes y todo irá bien.

—De acuerdo.

—Bien, pues voy a ponerte la vía. Cierra los ojos y toma aire.

La obedezco y me doy cuenta de que suena una música muy parecida a la del otro día; son mantras que me relajan, a la vez que tomo conciencia de que esto está a punto de empezar.

—Necesito que cuentes hacia atrás, del diez al uno, cuando quieras.

Noto cómo la aguja se clava en mi piel y cómo inyecta el fármaco. Me mareo al instante, cosa que no me había pasado la otra vez; está claro que la dosis es más alta. Quiero abrir los ojos, pero ya no puedo, intento despertarme, quiero parar, me asusto. Tarde.

ϒ

El sonido ensordecedor de la música del local me aturde. ¿Dónde estoy? Miro a ambos lados y solo alcanzo a ver gente bailando, bebiendo y riendo. Parece un local musical de moda, pues está hasta los topes. Suena música electrónica, y trato de identificar la cara de algún conocido cuando de repente unas manos me abrazan por detrás y alguien me besa la mejilla.

—Preciosa, ¿quieres tomar algo? —Un Tomás sonriente me sorprende y me siento en paz.

«Bien, esta vida es con Tomás», me digo antes de sentir un atisbo de miedo. Le planto un beso y le sonrío.

—Un agua de momento, me siento algo mareada.

—Bien, para mí algo más fuerte. —Me guiña un ojo y vuelve a dejarme sola ahí en medio.

Estoy en un sueño. Es alucinante. No me gusta la música, ¿podré cambiarla? Según tengo entendido, puedo elegir. Le dedico una mirada a Tomás, que me señala la cola que hay en la barra indicándome que tardará, y le hago un gesto para avisarle de que voy a dar una vuelta. Asiente y se dirige a la barra. Me siento bien. Marta me va a matar. Pero ha sido la máquina, no yo. Me autoconvenzo. Me acerco al DJ.

—¿Podrías poner algo más tranquilo?

—Mmm, ¿RnB está bien para ti? —duda.

Todo parece tan real…

—Blues, por favor.

—Marchando una de blues.

¡Qué pasada! Ojalá fuera así de fácil en la vida real. Me gusta, podría acostumbrarme a esto.

Busco a Tomás y veo que sigue haciendo cola mientras consulta su móvil. Somos pareja de nuevo, lo sé. ¿Hasta dónde quiero llegar con todo esto?

Siento una mirada sobre mí desde el otro lado del local. Electricidad. Como cuando te sientes observada. Me giro. Un chico me está mirando directamente. Sus ojos penetran en los míos y me quedo atrapada. Lo miro fijamente a los ojos sin miedo. Empieza a acercarse y por un instante me entra el pánico. «Puedes irte si quieres. Esto es solo un sueño.»

Su modo de andar es seguro y decidido; su mirada está clavada en mí. Tiene un halo de misterio, ¿lo conozco? Lleva el pelo corto, castaño, y sus rasgos son suaves. Puedo ver cómo aprieta la mandíbula en un gesto que revela autoconfianza, y tras un instante que se me ha hecho eterno y durante el que yo tampoco he dejado de mirarlo, se planta delante de mí. A escasos centímetros de mí. Viste una camiseta básica blanca, unos tejanos negros y una chaqueta tejana ancha.

Ladea la cabeza mirándome como si tratara de descifrar algo. Mi blues favorito estalla en los altavoces: «Mrs.», de Leon Bridges.

Gracias, Christian Hill.

—¿Has pedido tú esta canción? —pregunta con seguridad.

—Eh… Sí.

—Es mi canción favorita.

—No puede ser… Nadie conoce esta canción.

—Yo sí. Leon Bridges.

—Vaya… —logro pronunciar, francamente sorprendida de que conozca a mi cantante favorito—. Es mi favorita también.

Lo observo con curiosidad. Sus ojos son verdes o grises, pero no son oscuros ni azules. La canción avanza lentamente. Me observa sin pronunciar palabra.

—Hay algo en tu mirada… —me dice mirándome a los ojos de un modo que logra incomodarme.

—¿Cómo? —pregunto apartando la mirada y buscando a Tomás en un intento inútil, pues no lo encuentro.

—No lo sé. ¿Nos conocemos? —me pregunta.

—Perdona, pero no sé de qué va todo esto —le confieso algo aturdida aún.

Da un paso adelante y se atreve a susurrarme al oído, puesto que la música no permite oírse bien:

—Te conozco, no sé de qué, porque no recuerdo haberte visto antes. Es extraño. El resto del local se ha quedado a oscuras cuando te he visto. Hay cientos de personas aquí, pero solo te veo a ti… No sé explicártelo. Tendrías que sentirlo para entenderlo. Y te aseguro que es tan extraño para ti como para mí.

«Mierda, mierda, creo que ya entiendo de qué va todo esto.» Doy un paso atrás.

—Oh, perdona, creo que te equivocas… No quisiera ser maleducada, pero mi novio está a punto de llegar.

—No lo entiendes…

—No —contesto intrigada.

Doy otro paso atrás en vano, pues él avanza uno hacia delante. «¿Qué coño pasa?» Me separo de él y salgo corriendo del local con la respiración entrecortada.

Jamás, y cuando digo jamás es jamás, nada me había hecho sentir así. Sus palabras me han tocado de algún modo. Algo en él me hace sentir a gusto, pero a la vez me asusta. ¿Quién coño es este tío?

Parece tarde y empiezo a sentirme incómoda. Quiero volver, quiero despertar. Lo veo salir del local y dirigirse a mí. ¿Qué significa todo esto? ¿Qué quiere este tío? Esto no está siendo como yo esperaba… Se planta ante mí.

—Disculpa si te he hecho sentir mal… —me dice con un tono de voz sereno, y al oírlo desaparecen todas mis sensaciones negativas y logro relajarme.

Respiro con calma.

—Bueno, es solo que creo que te has confundido… Tranquilo, ya está, no pasa nada. —Le sonrío para romper el hielo.

—Lo último que pretendía era asustarte —se disculpa de nuevo. Sus ojos vuelven a encontrarme.

Me encuentran porque me desarman. Porque me ve, porque me lee. Suelto un suspiro, pues la situación es extraña. Como si estuviera desnuda ante él. No sé por qué me siento así.

—Mi nombre es Pau. —Me tiende la mano para que nos presentemos.

—Violeta. —Le doy la mano algo insegura.

Algo cambia, me siento relajada de repente y ya no tengo miedo. La noche es cálida y apenas hay gente en la calle. La luna llena brilla con fuerza sobre nuestras cabezas. Su luz es suficiente para iluminar sus ojos. Son verdes. Lo miro profundamente y siento su olor que desentierra un recuerdo familiar.

—No pretendía invadirte. Pero no he podido pasar de largo al verte.

63

—Seguro que se lo dices a todas. —Coqueteo sin darme cuenta.

—Te aseguro que no.

Trato de descifrar a qué se refiere, pero lo cierto es que ahora que lo tengo delante no me hace falta. Me siento cómoda.

—¿Eres de por aquí?

—No estoy muy segura —contesto sincera, pues no sé dónde se supone que estoy ni qué se supone que tengo que contestar.

—Yo tampoco lo estoy.

—¿Estás de broma?

—No… Me siento algo aturdido también y solo soy capaz de verte a ti. Siento que todos son desconocidos menos tú.

¿Me está vacilando o está en el experimento como yo? Mierda, no he preguntado a Madeline si puedo contar a las personas del sueño que estoy en un sueño. Ante la duda, me lo callo.

Su comentario me podría sonar a la típica frase para ligar, pero me transmite una honestidad y sinceridad totales. Estoy sin palabras. Pau sigue mirándome a los ojos sin hablar, y en vez de sentirme incómoda, me siento en casa. ¿Es posible sentir algo así con un completo desconocido? Mi mente se queda en blanco, solo soy capaz de ver la luna, escuchar cómo sigue sonando mi canción dentro y sentir sus ojos. Que son preciosos, con motas amarillas y luz propia. Lleva el pelo corto y una barba de no más de dos días. Podría parecer un tipo duro por su físico, pero hay algo tierno en él. Seguimos en silencio y ese silencio nunca había sido tan cómodo, tan acogedor.

—Es curioso que te guste esta canción; la gente no suele escuchar esta música.

—Siempre les digo eso a mis amigos. Ojalá más gente venerara a Leon Bridges.

—Ojalá. —Le sonrío y veo cómo su mirada se desvía a mi boca—. Creo que la vida tiene más sentido con una copa de vino y un tocadiscos girando.

Pau se ríe y vuelve a mirarme a los ojos.

—Disculpa si sueno algo torpe, estoy un poco mareada. —Me avergüenzo ante mi afirmación y temo parecer estúpida.

—No suenas torpe. Suenas a blues… A blues bajo la luna llena —me dice sin pensar, sin vacilar, directo al corazón. Mientras alza la mirada, mira la luna y la señala para que vea lo bonita y brillante que está esta noche. La canción sigue sonando y nos llega su dulce melodía.

Su afirmación me hace sentir un hormigueo en el estómago, y todo lo que logro hacer es sonreír. ¿Quién es? ¿Y por qué me habla con tanta confianza y seguridad?

—¿Violeta? —La voz de Tomás me golpea.

Miro hacia la puerta. Con un botellín de agua en una mano y su bebida en la otra, me llama y me mira con cara extraña. «Mierda, me había olvidado hasta de él.» Por primera vez en un año, he olvidado su existencia.

—Sí, voy —le respondo desde las escaleras sin sentir que le debo una explicación. Que se joda. Este es mi sueño.

—Debo irme —me disculpo ante Pau.

Una parte de mí me dice que puedo hacer lo que quiera, que puedo quedarme ahí charlando con este desconocido, que no pasa nada, de eso se trata, pero en cierto modo algo me empuja a entrar y volver con Tomás, aunque siento que es más el deber que las ganas.

Pau sigue mirándome fijamente sin atender a nada más, sin mirar a Tomás, y todo lo que pronuncia es:

—Wonder Constructions.

—¿Cómo? —dudo.

—Acuérdate —me susurra.

Y antes de darme cuenta, miro a Tomás, que sigue en la puerta, y al volver a dirigir la mirada hacia Pau, ya no está. «¡Maldita sea!» ¿Qué significa esto, dónde se ha metido? ¿Por qué diablos la gente aparece y se esfuma de este modo en los sueños? Trato de memorizar sus dos últimas palabras, «Wonder Constructions», y me dirijo hacia Tomás, que de repente pierde todo interés. Quien me entienda que me compre.

Al acercarme me besa, y me parece el beso más soso y vacío del mundo. «Dios, ¿qué me está pasando?» Sus besos siempre fueron como relámpagos en mi pecho, pero ahora solo quiero entender qué ha significado Pau, por qué ha aparecido en este sueño. ¿Será esta experiencia un aprendizaje, una lección? Tomás tira de mí hacia el centro de la pista, en la que sigue sonando blues, y a mí me sobra hasta la música.

Tras dos horas bailando y charlando con más amigos en común que solía tener con Tomás, me propone irnos a casa. Vivimos juntos, entendido.

65

—¿Te pasa algo? Estás pálida.

—No me encuentro muy bien, mejor vayámonos ya.

—Sí.

Conduce un coche deportivo nuevo y brillante hasta un antiguo edificio cerca de la playa en la zona de Poblenou, uno de los barrios más bohemios y lleno de galerías de arte de Barcelona. Me quedo maravillada al verlo. Siempre he querido vivir aquí. Contemplo la oxidada escalera de incendios granate que se ve por la fachada, como en los típicos edificios neoyorquinos. Entramos y subimos en un ascensor acristalado. Parece ser que por dentro está todo reformado al último detalle. Pero al llegar al apartamento alucino de verdad. Lo que siempre he anhelado. El ático de mis sueños.

Con vistas a lo lejos a la playa del Bogatell, con el puerto al lado y la escalera de incendios asomando por la gran cristalera del bonito comedor. Es de noche, pero se nota que es muy luminoso. Los sofás son dos *chesters* preciosos de color marrón acompañados de una bonita alfombra étnica a juego con los cojines. Contemplo los enormes cuadros que cuelgan de las paredes y me quedo helada al ver que uno de ellos es una preciosa pintura al óleo de mi cuerpo desnudo. ¿Soy yo realmente? Me acerco al retrato, pues mi experiencia como galerista de arte va dando sus frutos. La obra es exquisita y yo estoy mil veces más favorecida de lo que me veo en el espejo. Me gusta. Voy hasta la cocina, una preciosa y amplia cocina de color gris oscuro con una encimera de madera que da ganas de ponerse a cocinar. Me entra un hambre voraz y me decido a abrir la nevera, pero al acercarme se me hiela el corazón. Dos fotos coronan la puerta de la carísima SMEG de color turquesa que estoy a punto de abrir. Soy yo en ambas fotos. ¿Es mi casa o de los dos? En una de ellas, salgo junto a Marta en una preciosa terraza que juraría que tiene que ser Mikonos. Jamás he estado ahí, pero sigo a muchas *influencers* y modelos que pasean por Mikonos y reconozco la estampa. Además, ahora que lo pienso, no hace mucho entré en una web de viajes a Grecia. Joder, la máquina funciona. La otra foto que está al lado somos Tomás y yo, pero mi *look* es diferente, como si fuera antigua. Estamos en una pizzería, ambos posando con un trozo de pizza extragrande, y yo llevo un sombrero de *cowboy* y él una gorra de los Chicago Bulls. «¿Un viaje a Estados Unidos?», me pregunto, ya que ese local no me suena en absoluto. Se nos ve felices, y unidos.

No entiendo qué pinta Pau en mi sueño, si no busco perfiles de chicos en Internet ni nada similar. Me paso espiando a Tomás todos los días... ¿Qué sentido tendrá? No puedo parar de cuestionármelo todo al saber que estoy en pleno experimento. Quizá la máquina se ha equivocado... Unos pasos me sorprenden por detrás y me giro enseguida. Me pilla con la foto de la pizza en la mano y lo observo en silencio.

67

—Tu última pizza antes de hacerte vegana. Menudo viaje. —Sonríe—. Mañana tienes esa reunión tan importante con los artistas de Londres, ¿verdad, peque? —me pregunta Tomás.

—Mmm... —dudo, pues no tengo ni idea de qué me habla.

—Está en el calendario apuntado. Yo aprovecharé para ir al *gym*, ya que tú curras, ¿sí?

—Ajá. —Asiento con la cabeza y trato de encontrar mi calendario y descubrir de qué se trata.

Me acerco al Mac que hay en lo que parece mi despacho en una habitación que tiene la puerta abierta al otro extremo del comedor. Entro mientras Tomás se dirige a otra habitación, que parece ser la de matrimonio, para darse una ducha antes de acostarse. El despacho es de ensueño, lleno de bocetos y obras preciosas, algunas firmadas por mí. Vaya, en esta vida tengo tiempo para pintar. El Mac está abierto y sin contraseña, menos mal. Miro el calendario, y efectivamente, mañana a las 10 de la mañana cita con artistas ingleses para su exposición, pero yo nunca hago las entrevistas, las hace Alfred. ¿Sigo trabajando en la galería? Ya podría haber sido millonaria en esta vida, puestos a soñar. Me despista una tarjeta encima del escritorio con mi nombre estampado. La cojo y no doy crédito a mis ojos.

Art Gallery Co.

Violeta Díaz

Fundadora y directora creativa

Releo la tarjeta. «¡La galería es mía! ¡La galería es mía!» Doy dos saltitos de emoción como una niña pequeña y una vuelta sobre mí misma como si improvisara una buena coreografía. «¡Sí! ¡Toma ya!» Me la guardo en el monedero que encuentro encima del escritorio para saber llegar al local mañana y me dirijo a la habitación. En el fondo agradezco estar con Tomás. Al menos hay algo familiar, porque todo lo demás me parece muy extraño y nuevo. Tomás sale desnudo de la ducha muerto de sueño y se tiende en la cama. Entro a darme una ducha rápida y acabo tendida a su lado. Me rodea la cintura con su brazo y nos dormimos al instante. Me da un largo beso antes, pero me doy la vuelta y trato de ordenar en mi cerebro todo lo que ha pasado esta noche. Si mis cálculos no fallan, me quedan dos días. Y quiero aprovecharlos.

6

$\mathcal{M}$e levanto de la cama de un salto, enérgica y animada, y me dirijo a la cocina de mi piso de ensueño. Me siento un poco mejor que ayer. Pau atraviesa mis pensamientos mientras busco en la nevera algo para desayunar. El misterioso chico tenía unos ojos preciosos. Tomás acaba de salir. Tras rebuscar entre la comida, me decido a mirar en el congelador. «*Voilà!* Fruta congelada.» Me encanta. Pongo un poco de plátano congelado y arándanos en la batidora, y añado un yogur de soja para hacerme un helado rápido y saludable. Sin azúcar ni aditivos. Tomo el desayuno delante del portátil y la curiosidad que anoche reprimí sale a la luz. «Wonder Constructions», tecleo sin vacilar, y descubro una web de arquitectura y diseño de interiores preciosa, con un estilo impoluto y unas fotografías de muy alta calidad. «¿Por qué me habrá pasado esto?», me digo mientras visito las diferentes páginas del sitio web. Hasta que caigo en la cuenta de que puede ser el lugar donde él trabaja, donde puedo encontrarlo. Entro en el apartado «Quiénes somos» e inmediatamente una foto suya llena la pantalla. Guapo, sonriente y elegante. Él, sentado en una butaca marrón con un café para llevar en la mano, podría estar en cualquier sitio, incluso en un Starbucks, pero su camisa tejana haciendo contraste con su pelo castaño y su postura emanan estilo. Es su empresa. Leo la descripción que hay bajo su foto y me quedo muy sorprendida. Es arquitecto, tiene treinta años, le gusta el arte, la lectura, la música americana de la década de los cincuenta y adora el café con canela, aunque su verdadera pasión es la guitarra. Una descripción interesante. Bajo un poco más y encuentro la dirección de su despacho. Le tomo una foto con el móvil y, sin cerrar la pantalla, voy directa a la ducha. «La reunión.» Me visto con un vestido verde botella informal y me dejo el pelo suelto. Cojo el bolso que dejé anoche tirado en el sofá, el móvil, la cartera y la tarjeta de mi galería. «Mi galería, alucinante», aún no me lo creo.

La galería parece estar muy cerca de mi nueva y envidiable casa, así que voy caminando. Son casi las diez y no tengo ni idea de qué decir en la reunión, pero improvisaré. Tampoco es que sea real, por lo que me tranquilizo un poco. Nada más llegar, me doy cuenta de que no he cogido las llaves y me siento idiota, pero enseguida compruebo que puedo abrir sin ellas. Esto es un sueño, basta con pensar que está abierta. Me acerco y así es. Abierta e impoluta. Si no fuera por estas cosas, pensaría que estoy en el mundo real. Nada más entrar me quedo fascinada. Los altísimos techos y ventanales hacen del local un lugar con mucho estilo, y parece carísimo. Ideal, tal como yo misma lo decoraría. Veo a tres chicos con apariencia británica que se acercan e imagino que son los artistas. Me dirijo a ellos con mi mejor sonrisa y me dispongo a tener mi primera reunión como directora de una galería de arte.

Tras una hora y media, nos despedimos calurosamente. La reunión ha salido genial, todo ha sido fluido y orgánico, y hemos diseñado su exposición para dentro de tres meses. Un éxito. De la emoción, me entra una inspiración divina y decido poner un poquito de blues y pintar un rato, algo que no hago jamás en casa, así que pienso hacerlo aquí.

La música y mi buen estado anímico me hacen pintar sin parar. Colores, trazos, me dejo llevar por mis sentimientos y voy creando una obra que a mí misma me sorprende. Es extraño, pero no noto ese desaliento que suelo sentir últimamente cada día... Me sienta bien estar aquí, me sienta bien esta vida.

Es casi la una del mediodía y necesito un buen té. Rebusco en mi móvil la foto de la página web de la empresa de Pau y decido hacerle una visita. No sé por qué lo hago, no sé qué me impulsa, pero tampoco pierdo nada. Porque nada de esto que estoy viviendo es real. En realidad, si la vida real fuera así, si no estuviéramos tan apegados a las cosas, tendríamos menos miedo a perderlas, seríamos menos esclavos, más libres, viviríamos más y cometeríamos más locuras. Me lo anoto para aplicar en mi vida de verdad, a la que por ahora no tengo ganas de volver.

Llego más rápido de lo que esperaba. A lo lejos veo un edificio muy alto; debe de tener ahí su despacho. Miro a mi alrededor y una cafetería monísima me invita a entrar. Desde la calle puedo oler el café recién molido. Aunque yo prefiero el té, automáticamente recuerdo lo que le gusta a Pau según su web: «café con canela», y me digo: «¿Por qué no?». Me acerco al mostrador y pido uno. La camarera me sonríe y me tiende un numerito. Me dirijo a una mesa que está cerca de la ventana y me siento a esperar mi café con canela.

La música del local es tranquila, transmite paz. La cafetería es acogedora y tan bonita que dan ganas de quedarse aquí. La verdad es que no sé muy bien por qué he venido. ¿Vendrá él a tomar café aquí por las mañanas? La amable camarera me sirve el café en una taza de color turquesa muy bonita. Doy un sorbo y me parece una combinación

71

exquisita. Saco un cuaderno del bolso y empiezo a esbozar cómo irá organizada la exposición de los británicos. Me siento tan ilusionada con este trabajo... Siempre había soñado con diseñar una exposición yo sola. ¡Qué honor! Apenas han pasado veinte minutos cuando alguien coloca en mi mesa un termo.

—¿Te has perdido? —bromea Pau a la vez que me sorprende.

Alzo la mirada y siento un ligero temblor en las manos.

—No... No me he perdido.

—¿Puedo? —Me señala la silla libre.

—Claro. —Hago un gesto para invitarlo a que se siente.

—Has venido...

—¿Se supone que tenía que venir? —contesto mirando directamente a los ojos verdes de Pau.

—Creerás que estoy loco. Sé que tienes pareja y te juro que no habría hecho lo que hice el otro día en el pub si hubiera sido distinto.

—Distinto, ¿el qué?

—¿Tú no lo sentiste? —me pregunta mientras me clava sus pupilas y me desarma de nuevo.

Lo cierto es que sentí tantas cosas extrañas que no sabría expresarlo.

—No sé, Pau, no sé nada... Solo sé que algo me ha traído a sentarme enfrente de tu trabajo.

—Me gusta.

—¿Cómo?

—Que hayas venido. —Sonríe.

—Asusta —confieso.

—¿El qué?

—Estar aquí.

—Es mutuo. A mí también me asusta.

Callo y asiento. Solo tengo la necesidad de saber quién

es. Mierda, no es Tom. Pero, sin duda, el tonteo de anoche y el de ahora mismo me están gustando más de lo esperado. Me ruborizo y bajo la mirada.

—¿A qué te dedicas?

—Tengo una galería de arte... —Me doy cuenta de que quiero confesarle la verdad: que esto no es real, que no soy más que una recepcionista de una galería y que en realidad no tengo novio. Estoy a punto de contárselo cuando de repente él habla por mí.

—No quisiera asustarte más, no debería decirte esto, pero estoy en un sueño —me dice algo avergonzado, temiendo que yo no lo entienda. Siento tal alivio al comprender que también está conectado a la máquina que me relajo enseguida.

—Uf, Pau, gracias a Dios, no sabía cómo decírtelo. Yo también estoy en un sueño lúcido.

Sus ojos se abren como platos.

—¿En serio? Ostras... Pero no puede ser. Es curioso, es mi quinta conexión. Por eso me extrañó tanto verte.

—No te entiendo...

—Pues que la vida que estoy experimentando en este plano cada vez que me conecto es siempre la misma. Es perfecta y no le falta nada, pero cuando te vi todo cambió. No debería ser así.

—No te entiendo, precisamente se trata de eso, ¿no?

—Es tu primera conexión, imagino.

—Sí...

—De acuerdo. Yo ya entiendo el funcionamiento de la máquina a la perfección: las personas con las que interactúas y te relacionas en esta realidad paralela por primera vez, en tu primera conexión, son las que te vas a encontrar siempre que te vuelvas a conectar. Si con alguien no has congeniado, vivido o interactuado en tu primera sesión, tampoco lo harás en las próximas. Además, esas personas no son conscientes de estar en un sueño. Vamos, que si les dices que estás en un sueño, se reirán y seguirán como si nada. Porque no son reales... Por eso ayer en la fiesta me pareció tan extraño lo que sentí al verte. Porque se supone que no puedo sentir esta clase de cosas que se sienten en la vida real. Porque aquí mi vida ya está diseñada desde la primera sesión. El libre albedrío no está contemplado en el sueño. No debería tener interés por interactuar con personas que no están en mi programa.

—Creo que estoy algo confundida. Nadie me ha contado eso.

—Sí, la primera vez es extraña. Imagino que tienes el trabajo de tus sueños, el hombre de tu vida y tus amigos del alma, ¿no?

—Sí, eso parece.

—Bien, pues esa es tu red de interacción con personas en este sueño; nadie más ajeno a tu red de contactos, círculo de amistades o relaciones a quien no hayas visto o conocido en la primera sesión podrá aparecer en las siguientes, si no se entrecruzarían demasiados sujetos. Y demasiadas experiencias estarían en juego. No olvidemos que esta realidad no es más que un programa de una máquina, como un videojuego, una realidad virtual a la que estás conectada. No es la vida real.

—Entiendo...

—No deberíamos haber interactuado ayer, bueno, yo podría haberme acercado como lo hice, pero tú, al no estar en mi red de contactos del programa, deberías haber pasado de mí, y obviamente no haberte presentado aquí hoy. Estoy flipando con que estés aquí. Y con que seas consciente de estar soñando también. Me he pasado la noche tratando de entenderlo. Quizá haya habido alguna interferencia. O nos hayamos conectado a la vez y el programa se haya cruzado. Yo qué sé...

74

—¿Qué significa todo esto entonces?

—No tengo ni idea. Solo sé que todas estas personas que están en la cafetería no están conectadas a la máquina como tú y yo. Si me acerco y les digo lo que te he dicho a ti, que estoy soñando, se reirán o directamente no le darán importancia. Porque no son personas reales conectadas como nosotros. Por eso es tan extraño… Me dio esa sensación al verte en el pub anoche. Te vi viva, no eras un mero personaje; algo en ti llamó mucho mi atención…

—Qué fuerte.

A pesar de no acabar de creer lo que Pau me cuenta, hay algo en él que me gusta mucho. Se le ve apasionado, feliz, atrevido… Su modo de mirarme me da ganas de conocerlo más. Es algo instintivo, no lo controlo. Me gusta. Y esto sí que no me lo esperaba.

—Sí, que nos hayamos encontrado así tiene que significar algo. Me he atrevido a decirte lo del sueño para ver cómo reaccionabas. Que tú estés aquí también y no seas solo un personaje de mi vida idílica es acojonante. Somos dos personas conscientes de estar soñando a la vez. Haz la prueba, dile a la camarera dónde estamos.

Llamo a la camarera sin ningún apuro.

—¿Puedo servirte algo más?

—No, gracias. Solo quería contarte que estamos en un sueño, que esto no es real. ¿Tú también estás conectada a la máquina?

—Por supuesto. A la máquina del café, todo el día. Me alegro de que le haya gustado tanto nuestro café con canela —me contesta sonriente.

—¿Lo ves? —me dice Pau mientras la camarera se da la vuelta y se va como si nada—. Ella no es real. No está aquí como nosotros, solo es un personaje en representación. Quizá seas un error en mi programa. Una interferencia. Sea como sea, no quiero volver.

—Aún me quedan dos días —le contesto sin entender mucho lo que está pasando.

—A mí también. —Parece que se acabara de quitar un peso de encima.

—Quiero enseñarte algo —me dice con su dulce sonrisa—. Esto hay que aprovecharlo.

Su propuesta me pilla por sorpresa y un hormigueo leve me recorre la piel. Estoy tan nerviosa que me dejo llevar por el impulso.

Pau se acerca a mí y, justo cuando va a susurrarme algo al oído, siento un mareo muy fuerte. No sé qué ocurre, todo se vuelve borroso y lejano. Final. Vacío.

Abro los ojos y la tenue luz de la sala en la que estoy tumbada me destierra del mundo de los sueños. La realidad. Hostia monumental. No quería volver. Pau, ¿dónde estás?

—Bienvenida de nuevo, querida —me dice con suavidad Madeline.

No logro pronunciar palabra. Sigo mareada. Solo tengo frío, y miedo. Mucho miedo. Ahora mismo todo lo que siento es como cuando despiertas del sueño más bonito de tu vida y tienes que aceptar que nada era real. No puede ser. Tiene que serlo. Él existe. Existe, lo sé.

—¿Qué hora es?

—Son las diez y cincuenta.

—Ostras, ha sido…

—¿Largo?

—No, no entiendo. Se supone que iba a ser como tres días para mí, pero solo he experimentado un día y medio. Ha sido muy corto.

—Sí, ya lo he visto, apenas has estado unos cuarenta y cinco minutos. A veces pasa en la primera sesión. Cuando el programa detecta alteraciones en tu sistema nervioso, tensión o estrés, desconecta el sueño y te hace despertar para asegurar tu integridad psíquica. Lo último que queremos es que te sientas mal.

—No estaba sintiéndome mal.

—Pero quizá estabas nerviosa, alterada o demasiado emocionada. ¿Puede ser?

—Sí, bueno, quizá, pero… —Me quedo callada.

—Tranquila, te dejo un rato a solas para que puedas ir levantándote. Ahí tienes un poco de té por si necesitas recuperar fuerzas y, cuando estés lista, te agradecería que pasaras por recepción a rellenar un pequeño cuestionario y hablamos de lo que necesites.

—¿Nada de lo que ha pasado es real?

Madeline me mira y sonríe.

—Sí lo es, nada irreal existe. Lo único que sucede es que no está ocurriendo en este plano de conciencia ni en este espacio-temporal, pero por supuesto que es real.

Me quedo pensando, algo dubitativa, y mientras sale por la puerta empiezo a incorporarme. No entiendo a qué se refiere. Necesito que me lo explique mejor.

—¡Madeline, perdona! —la llamo antes de que cierre la puerta.

—Sí, querida, ¿dime? —Me mira con atención.

Me fijo en su moño canoso y sus gafas de pasta.

—Exactamente…, ¿a qué te dedicas tú?

Madeline vuelve y se sienta en la silla.

—Soy neurocientífica y registro todos los resultados neuronales a los que te sometes cuando estás en la máquina para demostrar que no puede hacer daño y que es apta para su comercialización.

—Vale. ¿Qué has querido decir con que lo que ha ocurrido es real, aunque no haya sucedido en este plano espacio-temporal?

—Si tengo que contarte toda la teoría de la física cuántica ahora, nos quedamos aquí todo el día —me responde con cariño—. Veamos, ¿cómo podría resumirlo?

—No quiero que lo resumas…

—Bueno, pues tendrás que volver para que te pueda ir contando, porque no es sencillo, pero básicamente lo que te quería decir es que lo que experimentas en el sueño lúcido no es más que una alternativa de vida que podría ser real, pues ¿quién nos dice que ahora mismo no estamos dentro de otro sueño que no somos conscientes de estar soñando?

—Creo que ahora te entiendo menos… —Me va a estallar la cabeza.

—Cariño, quiero decir que todo lo que para tu cerebro sea real, aunque no puedas tocarlo, es real. Porque tú lo experimentas así. Si has soñado ser una cirujana, es porque puedes serlo en este plano. ¿Me entiendes?

—Y si he conocido a alguien, ¿ese alguien existe de verdad?

—Ya sé por dónde vas… Haber empezado por ahí. —Suelta una carcajada que desprende un halo de empatía—. Sí, por supuesto. El programa no se inventa personajes, solo toma referencia de tus contactos de redes sociales; nunca directamente, siempre son personas a las que estás conectada de manera indirecta; por ejemplo, un amigo de tu primo al que tienes agregado en Facebook. Pues la máquina toma el perfil de ese chico y lo pone en tu programa. Ese chico es real y además estás conectada a él a través de las redes con él. Siempre funciona así. No nos inventamos humanos y los ponemos en el sueño. Demasiado trabajo. —Vuelve a reír.

Me quedo en silencio tratando de ordenar tantas ideas y nuevos conceptos.

—Debo ir a atender al próximo paciente. ¿Me disculpas, querida?

—Sí, claro. Gracias, Madeline.

—Estoy para lo que necesites. —Apoya su mano en mi hombro en un gesto afectuoso y vuelve a dirigirse a la puerta.

La miro con la mente en blanco y empiezo a atarme los zapatos.

Solo puedo pensar en algo. Pau existe.

7

*L*lego a casa con el piloto automático. He pasado por el mercado a comprar cuatro cositas y a despejarme; comprar siempre me evade de mis preocupaciones, sobre todo cuando es en el mercado del barrio. Conozco a todas las fruteras y siempre tenemos una minicharla. Con la tontería, se me ha hecho la hora de comer. Me ha ido bien despejarme, pero al llegar a casa me invade una sensación de apatía, unas ganas de no hacer nada muy poco habituales en mí.

Me siento algo aturdida y aún incapaz de pensar. Abro el teléfono para ponerme al día mientras me preparo algo de comer. Estoy hambrienta. Una ensalada de kale servirá. Marta, como siempre, me ha llamado tres veces y tengo un mensaje de Yago. Marco el número de mi amiga mientras me siento a la pequeña mesa de la cocina. Un solo tono y su voz excesivamente emocionada me saluda.

—¡Cuéntame todo! —suelta eufórica.

—Vaya, pensé que antes me dirías hola —bromeo.

—Hola, hola... Y ahora..., ¿me cuentas?

—¿Hacemos un *matcha latte*? Nos va a hacer falta.

—¿Te apetece ir a yoga esta tarde? Yo no pensaba ir, pero si me lo pides, me esfuerzo.

Me hace reír.

—No, hoy no me siento con ganas, prefiero quedar y charlar.

—Uuu… Sí, sí, mejor. Paso por tu casa en una hora y vamos juntas.

—Hecho.

—Me asustas…

—Pues espérate porque… —Me río y cuelgo, me encanta dejarla con las ganas.

Como tranquilamente mientras abro el portátil y tecleo sin vacilar: «Wonder Constructions». No puede ser tan sencillo… Efectivamente. No existe ninguna empresa con ese nombre. La curiosidad me puede y abro el Facebook. Escribo «Pau» en el cuadradito de búsqueda y me salen un montón de Paus y Paulas, pero de primeras ninguno parece él. Pruebo lo mismo en Instagram, y aún peor, muchas más opciones, las miro por encima y ninguna es él tampoco. Necesito contárselo todo a Marta y que me dé su opinión. Trato de revivir lo que he sentido, y todo lo que logro recordar es la sensación que he tenido al estar a su lado. Incluso admitírmelo a mí misma me hace sentir avergonzada, pero a su lado sentía estar en el lugar adecuado. Una sensación nueva para mí. No me atrevo a afirmar que me he enamorado, ni siquiera he tenido tiempo de planteármelo o conocerlo, pero la sensación que he tenido sé que ha sido real. Y ha sido un flechazo en toda regla.

Suena el timbre mientras acabo de lavar los platos de la comida; me seco las manos en el trapo de cuadraditos que cuelga del asa del horno y corro hacia la puerta.

—¡Hola!

—¡Hola, nena! —Le doy un abrazo fugaz y la invito a pasar—. Me cambio y salimos.

—Tranquila. ¿Cómo ha ido?

—Uf…, es largo.

—Pues empieza, por favor, llevo todo el día pensando en ello.

—Déjame vestirme y te lo cuento en la cafetería.

—¡Ni hablar!

—¡De acuerdo! —Resoplo mientras me sigue hasta mi habitación—. Ha ido bien, me han conectado a la máquina. Tenía un poco de miedo, pero apenas me ha dado tiempo a darme cuenta; he debido quedarme dormida enseguida… Y he despertado en un pub, no sé muy bien donde estaba, pero era aquí en Barcelona. Y adivina, estaba con Tomás. Juntos. Por un momento me he sentido feliz, pero de repente ha ocurrido algo muy extraño.

—¿Cómo de extraño? —Marta me mira con los ojos como platos.

—Había un chico en la otra punta del local que me miraba fijamente… Tomás se fue a por bebidas y el chico se acercó a mí y, tía, te juro que sentí algo.

—¿Algo como qué? ¿Era guapo?

—Era guapísimo, pero no tiene nada que ver. Al verlo he sentido que me sonaba, pero no de haberlo visto antes… Ha sido algo más allá.

—Me estás liando. ¿Podrías explicarte mejor?

—El chico, Pau, se llama Pau, también lo sintió. Y me lo dijo y me asusté, y salí fuera del local, pero él me siguió y me dijo que sentía que me conocía. Te juro que sé que no nos hemos visto nunca antes, me acordaría, ¿sabes? Pero a pesar de eso, no se lo he admitido, no le he admitido que yo también lo sentía. Luego él desapareció, como en los sueños, bueno, era un sueño, así que no es tan extraño, y Tomás reaparecía y nos íbamos a casa, una casa de ensueño. Tenía mi propia galería de arte, eso ha sido genial, genial. He podido tener una reunión con unos artistas yo

83

sola. Y Pau antes de desaparecer me dijo dónde trabajaba y al día siguiente fui a verlo, a una cafetería delante de su trabajo.

—Estás muy alterada, respira... ¿De qué trabaja? —pregunta realmente intrigada.

—En la vida real, ni idea. En el sueño es arquitecto.

—¡Anda! Te los buscas prometedores.

—Sí..., el caso es que cuando apareció en la cafetería me contó que lo que estaba sucediendo no podía ser. Me dijo que él también estaba conectado a la máquina, pero que dos sujetos jamás pueden contactar a través de un sueño. Es decir, que tú cuando estás en el sueño tienes tu propia vida y todas las personas que aparecen son como personajes no reales, fruto del programa. Vamos, que si tú apareces en mi sueño, no eres tú, que también estás soñando, sino una imagen ficticia de ti.

84

—¿Yo salía?

—Sí, estabas en el pub junto a más amigos. Pero ¿me entiendes?

—Me cuesta... ¿Me estás diciendo que este chico estaba soñando en el mismo preciso momento que tú, y habéis tenido como una interferencia, os habéis cruzado cada uno en el sueño del otro y os habéis gustado? ¿Y que eso se supone que no forma parte de tu vida idílica? ¿Que ha sido como un error?

—Pues no tengo ni idea. Pero te aseguro que lo que he sentido sin ni siquiera conocerlo desbanca a Tomás y a diez como él.

—¡Joder! Entonces es *heavy*. Tienes que contárselo a Max, tendrá para tres novelas como mínimo.

—Sí, calla. —Le doy un golpecito—. Pero, tía, ¿y ahora qué?

—Pues ahora estás más jodida que antes. —Me suelta, y nos reímos mientras salimos por la puerta y nos dirigimos al barrio del Born a buscar una terracita para tomar algo.

Seguimos con nuestra charla mientras andamos plácidamente por la calle.

—¿Crees que puede significar algo?

—No tengo ni idea... Lo que sí tengo claro es que he de averiguarlo.

—¿Has pedido cita de nuevo ya?

—Mmm... No.

—Pues ¡vaya!

—Joder, he salido en *shock*. No he caído.

—Imagino que lo has buscado por Internet y nada.

—Exacto.

—Siempre te he contado que cuando conocí a Billy sentí que ya lo conocía. Supe que me casaría con él al instante de verlo.

—Tú eres una romántica.

—Anda, ¿y tú no?

—Sí, yo también... Pero tú más.

—Pues tu querido Pau te está haciendo serlo más que yo.

—¿Y si no nos volvemos a encontrar?

—¡Ay, dios mío! ¿Te preocupa de verdad?

—Pues me temo que sí... No me lo saco de la cabeza —le confieso.

—Ha sido fuerte de verdad...

—No sé lo que ha sido, pero ha sido nuevo. Algo que nunca me había pasado. Solo quiero volverlo a ver.

—Pues busquémoslo.

—¿Y cómo?

—A ver... Ha tenido que ser que estuvierais conectados a la vez, eso seguro. Tía, quizá estaba en la habitación de al lado... y te has ido sin preguntar.

—Ni se me ha ocurrido...

85

—¡Vamos!

—¿Dónde?

—A preguntar.

—A preguntar ¿qué?

—Quién más había conectado esta mañana a la misma hora que tú.

—¿Estás loca? No nos lo dirán ni de coña. Protección de datos, y menos aún si ha sido un fallo del programa.

—Mira, guapa, sentadas tomando un té helado seguro que no lo encontramos. ¡Vamos!

Juro que bajo ningún concepto iría, pero la curiosidad me mata. ¿Y si Marta tiene razón? ¿Y si él estaba justo al lado? No había pensado en esa probabilidad.

Cogemos el metro y nos plantamos en el local. Entramos sin planearlo y las palabras me salen sin pensar. A bocajarro. La misma recepcionista me sonríe amablemente.

—Buenas tardes de nuevo. ¿Se ha dejado algo esta mañana?

—Buenas tardes —contesto algo nerviosa—. No, verá, tengo una duda… Quisiera saber si había más gente conectada a la misma hora que yo esta mañana.

—Hum…

—Sé que parece una tontería, pero necesito saberlo.

—¿Ha ocurrido algo? No puedo darle datos de quienes usan la máquina, pero en este caso, déjeme que mire… —Busca en la agenda—. No, solo estaba usted esta mañana a esa hora.

Siento un bajón tremendo.

—¿Está segura? —insiste Marta.

La recepcionista frunce el ceño y nos mira detenidamente.

—Creo que es mejor que llame a Madeline, quizá ella pueda ayudarlas.

—¡No, déjelo! Gracias, y disculpe…

—¿Puede pedir hora para una nueva sesión? —me interrumpe Marta hablando por mí.

—Bueno, si así lo desea ella, claro… Hay tres sesiones de prueba permitidas por paciente.

—¿Tres? —le pregunto con un nudo en el estómago—. ¿Solo tres?

—Sí, señorita Violeta, en este caso. ¿Quiere concertar otra prueba?

—¡Sí! —respondo sin pensar.

—¿Qué día le va bien?

—Pues…, el primero que tenga disponible.

—El lunes por la tarde tenemos un hueco a las cuatro, ¿puede?

Sin consultar mi agenda, me aventuro a responder:

—¡Genial! Me lo apunto. Gracias, y disculpe las molestias.

Salimos del centro y Marta rompe a reír.

—Menuda locura, tía.

La miro, me río y me pregunto si tendrá razón, si todo esto no será más que una locura de las mías y si debería parar. Aferrarme a un sueño es poco inteligente. Pero el cuerpo me lo pide a gritos. Nos dirigimos a una bonita terraza a tomar algo y le cuento que Tomás aún no ha respondido a mi mensaje. Si soy sincera, lo agradezco; ahora mismo tengo demasiadas cosas en la cabeza. Este pensamiento me hace ser consciente de que por primera vez no me muero por sus huesos, y me siento aliviada.

Hace una tarde tranquila y calurosa de verano. Aprovechamos para hablar de otros temas que no se centren en mí. Cenamos con Pablo y Max, y al llegar a casa llamo a Yago, más por compromiso que por ganas. Quedamos en

87

vernos este fin de semana para contarle cómo me ha ido. Ha sido un día tan intenso que no me da tiempo a pensar en nada más. Cojo el libro de Max, y apenas leo un capítulo, caigo rendida.

8

*E*s sábado y hace un día precioso para ir a la playa. Tengo ganas de hablar con Yago y contarle cómo me fue la experiencia. Siento que, ante todo, somos amigos, y que si necesito contarle esto es por algo. No pretendo tomar ninguna decisión ni hacer nada al respeto, pero creo que la honestidad es superimportante en las relaciones.

Abro todas las ventanas de mi modesto pisito para ventilarlo y empiezo a hacer la limpieza semanal después de poner en el tocadiscos a Leon Bridges. Mordisqueo una manzana mientras limpio el polvo de la librería y los discos. En cuanto empieza la canción, caigo en la cuenta de que es la misma que sonaba en el pub cuando vi a Pau por primera vez, y un cosquilleo me invade. Deshago la cama y preparo sábanas limpias mientras bailo al ritmo del blues. Por un momento, me viene una imagen a la cabeza muy nítida. Como un *flash*. Como si fuera un recuerdo. Es un lugar, pero un lugar en el que nunca he estado. Una cala llena de rocas, junto a un mar plácido y tranquilo. Me entra una sensación algo incómoda en el cuerpo, desconocida, y decido apagar el tocadiscos, prepararme una tostada para desayunar y salir de camino a la playa. Sin dar importancia al *flash* que acabo de tener.

Las calles de la ciudad están tranquilas a esa hora, pero la playa está llena de turistas y familias disfrutando de su fin de semana. Veo a Yago sentado en las rocas con un libro, sus gafas y una camisa de rayas. Me acerco y le doy un abrazo.

—¡Desaparecida!

—¡Exagerado!

—¿Cómo ha ido la semana? —Me saluda con un beso tierno en los labios.

—Bien, como de costumbre, pero lo del experimento...

—Pensé que me llamarías para contármelo. ¿Quieres un poco? —Me tiende una bolsa de *chips* que está comiendo.

—Sí, gracias. —Cojo un puñado y me preparo para sincerarme—. Quería contártelo en persona.

—¿Qué tal la experiencia? ¿Vale la pena?

Me mira con sus ojos inocentes y se lo cuento todo con pelos y señales, incluidos mis sentimientos. Me tomo mi tiempo, no quiero hacerle daño. Pero necesito ser honesta con él. Le hablo de Pau, de Tomás y de cómo me siento ahora mismo. Confundida y extraña. Yago suspira.

—Vaya... No entiendo muy bien en qué lugar me deja esto... —Es todo lo que logra pronunciar.

Lo noto algo tocado. Y me sorprende.

—No pretendo decirte nada con esto, es solo que quería ser sincera contigo. Porque me importas. Estoy algo confundida —le confieso.

—Gracias... por ser sincera conmigo, pero perdona que no sepa qué responder. Parece que el tío te interesa.

—No lo conozco, ni sé dónde está, ni ha ocurrido nada con él ni siquiera en la vida idílica. De verdad que es extraño.

—Verás, Violeta, yo también quería hablar contigo... —Duda pero sigue—: No sé si es el mejor momento para hablar de esto, pero no puedo callármelo más. Quería proponerte dar un paso más en nuestra relación. Dejar de ser lo que se supone que somos y ser, bueno..., pareja. Estar juntos.

Sus palabras me dejan helada, esperaba cualquier cosa por su parte menos esto. Y es justo ahora cuando me doy cuenta de que yo no quiero. Aunque lo de Pau no hubiera ocurrido, siento que Yago y yo no estamos hechos para ser pareja. Por mi parte no siento lo que querría y me da miedo que siempre sea así. Pero no me atrevo a decírselo.

—Pau...

—Soy Yago —me corrige, y se me cae la cara de vergüenza.

—Perdona, Yago, cielo, es que estábamos hablando de él y...

—Ya veo —me interrumpe.

—No, espera, solo dame unos días para pensarlo. Me gusta lo que tengo contigo, lo paso bien a tu lado, pero no me había planteado nada más, me has pillado por sorpresa, pero me gusta saber que sientes esto. Me haces sentir importante y, la verdad, me sienta bien. —Me acerco y lo abrazo y lo beso en los labios y, aunque estoy hecha un lío con muchas cosas, me doy cuenta de que Tomás ya no me interesa, de que Yago me importa más de lo que creía y de que pienso buscar a Pau. Eso seguro.

—Tómate tu tiempo, seguiré aquí como hasta ahora. Y si tú no te sientes segura, quiero que sepas que lo nuestro no terminará, no soy de esa clase de tíos.

—Sé que no eres de esa clase de tíos.

—Somos amigos por encima de todo y eso no cambiará. Tranquila.

—Joder, Yago. Gracias.

Los rayos de sol se reflejan en sus gafas y su sonrisa es sincera. Yago es un hombre de verdad.

Hace calor y el agua brilla más limpia que de costumbre bajo los rayos de sol. Huele a sal y a crema hidratante. Me apetece darme un baño y comer algo. Yago me lee la mente y me propone tomar algo en el chiringuito de

91

moda de la playa que por suerte aún tiene alguna mesa libre.

Pasamos la mañana charlando de arte, comida y de lo nuestro, y me siento más cómoda con él que en ningún día de nuestra relación. Es curiosa la vida, te pasas meses callándote cosas por miedo a estropearlo todo y, cuando lo sueltas, no solo te liberas, sino que además todo va a mejor. Yo he tenido suerte, ha sido inmediato, a veces tarda más, a veces va más deprisa, pero ser honesto y fiel a uno mismo y compartirlo es la clave para tener una relación sana. Miro a Yago a los ojos, y me gusta; le tengo cariño, pero sé que no siento esa conexión que anhelo en una pareja; aun así, estar con él es genial. Veo cómo sonríe y sé que, aunque no he contestado como él querría, se siente aliviado. Lo veo tranquilo y relajado, y disfrutamos del resto del día tomando un bañito y paseando hasta la caída del sol. Me invita a su casa a dormir, pero la verdad es que necesito pensar sobre todo lo sucedido los últimos días.

—Lo he pasado genial hoy contigo, Yago, y me apetece darme un baño y leer un rato esta noche. Poder estar a solas.

—No te preocupes. Te irá bien pensar y ver cómo te sientes.

—De verdad que gracias. Eres una gran persona.

—Joder, Violeta, no me digas eso, que suena a despedida.

—Nooo. —Nos reímos al unísono—. Suena a abuelita, en todo caso.

—No sé qué es peor. —Se ríe y me da un pellizco en el culo. Lo beso en los labios y nos despedimos con un abrazo.

—Me paso alguna tarde de esta semana por Cuisine y tomamos una copa de vino.

—¡Hecho!

—Escríbeme cuando tengas un hueco —le pido.

Aunque sé que podría ser cualquier día, quiero que sepa

que es él quien decide para que no se sienta que está a la espera siempre. Lo aprecio muchísimo.

—Lo haré. —Me besa la mejilla y se monta en su moto. Le digo adiós con la mano y lo veo alejarse.

Decido volver caminando a casa. Aún son las seis de la tarde, es temprano. Mientras subo por el precioso barrio Gótico y sus calles adoquinadas, me armo de valor y saco el móvil. Para mi sorpresa, ni un mensaje de Marta; ahora le escribiré yo. Abro la conversación con Tomás. Ni siquiera lo medito, ni lo preparo.

> Buenas tardes, Tomás. Mira, he cambiado de planes. La verdad es que no tengo mucho tiempo libre ahora mismo y será mejor dejar para más adelante lo de vernos. Cuídate. *Ciao ciao.*

Y *pum*. Me siento más poderosa y libre que nunca, y sincera y fiel a todos mis sentimientos. Llego a casa sin darme cuenta y, como de costumbre, prendo todas las velas y una barrita de incienso Nag Champa mientras me preparo un baño. Solo me lo permito una vez al mes para ahorrar agua al máximo. Pero hoy es mi día. La gente detesta bañarse en verano, pero a mí me sigue gustando tanto como en invierno.

Tras media horita bajo el agua, me visto con unas braguitas y un top, y me dirijo a la cocina; me toca hacer la compra, así que preparo la lista para mañana, que es domingo, el día del mercado artesano semanal del pueblecito donde crecí. Aprovecharé para hacer una visita a mis padres. Será una sorpresa.

> Tomates, brotes tiernos, pimiento rojo, coles de Bruselas, espárragos, berenjena, arroz integral, tofu, leche de avellanas, fideos de arroz, pan integral, yogur de coco y jabón para los platos.

93

Hecho, decido preparar una ensalada de patata. Carbohidratos para la cena, terrible una vez más, pero cuando se trata de seguir mis deseos, no tengo miramientos. Me encanta comer lo que me apetece cuando me apetece. Eso no significa que no mire lo que como ni mucho menos, pues suelo comer muy sano y todo orgánico, pero soy fiel a mis antojos. Creo que la comida es uno de los placeres de la vida, así que preparo unas patatas al horno, con zanahoria y remolacha, y mientras se van cociendo y dorando, voy cortando a daditos un tomate maduro, unas hojitas de kale y un poco de pepino. Una vez está listo, lo mezclo todo y pongo un poco de finas hierbas y una vinagreta de mostaza y agave que preparo en un minuto. Delicioso. Cojo el libro de Max y me dispongo a acabarlo mientras ceno.

Pongo la luz tenue y, con las velitas, el libro y mi deliciosa ensalada de patata, empiezo el ritual de cada noche. A pesar de no tener la casa de mis sueños, debo admitir que estos momentos íntimos conmigo misma en mi pequeño y acogedor hogar me hacen sentir genial.

Acabo de cenar a la vez que acabo la novela —preciosa por cierto—, con un par de lágrimas rodando por mis mejillas. He de escribir a Max, me ha tocado el corazón.

«Max, eres amor en estado puro, he encarnado por unas horas a tu preciosa Lucie y a su adorado Gio Pau. Escribes de muerte. ¡Quiero más ya! ¿Se puede ser más cursi? Jeje. Te quiero, pequeño. Dale un abrazo a tu maridito y buenas noches, pareja. Os quiero quiero quiero mucho».

Sonrío mientras le doy a «Enviar» y me siento embriagada, me siento romántica y poderosa. Adoro cómo leer un buen libro te puede hacer sentir así al acabarlo, como si tú misma pudieras ser la protagonista de la historia, como si todo fuera posible, y me encanta el modo en que te hace ver que la vida es un poco más bonita de lo que era antes de empezarla. Guiada por mi gran momento, decido poner en marcha el tocadiscos mientras pienso en Pau inevitablemente. Quiero conocerlo. «¿Dónde estarás? ¿Qué estás haciendo…?» Lanzo al aire mis pensamientos esperando alguna clase de respuesta. No puedo evitar volver a ese pub, a ese momento en que lo vi acercándose a mí, y recreo la escena en mi cerebro, escojo el vinilo de Leon Bridges y pongo justo la canción que sonaba en el preciso instante en que nos conocimos.

El tocadiscos empieza a sonar y las primeras notas de la canción inundan mi habitación. Me desnudo y me meto en la cama, saboreo la voz de Leon mientras cierro los ojos y recuerdo ese día, real para mí. ¿Estará él buscándome en la vida real? ¿Se acordará de mí? A cada nota puedo sentirlo cerca de mí, su voz, su mirada, el modo en que me sonreía. Pasado mañana tengo otra sesión con la máquina y me muero de ganas de encontrarlo de nuevo. Una parte de mí está aterrorizada por si no lo encuentro, por si no vuelve a ocurrir… Divagando y divagando junto a la preciosa melodía de nuestra canción, porque oficialmente es nuestra, me quedo dormida, plácida y dulcemente.

9

*T*umbada en la arena siento cómo el sol me abrasa la piel. La playa está desierta y el agua calmada. La temperatura es perfecta y la brisa del mar me da paz. Decido darme un baño en el agua turquesa y veo cómo los pececillos nadan alrededor de mi cuerpo. Veo a alguien acercarse, entra en el agua, pero el sol bajo del atardecer me impide ver su rostro. Me siento tranquila, me dejo llevar por la marea sin importarme que me arrastre mar adentro; se acerca más y puedo ver su rostro con claridad ahora que está a escasos metros. Pau. No pronunciamos palabra. Pau me tiende su mano mientras me mira con esa mirada suya, verde como las esmeraldas, y yo no dudo ni un instante. Le tiendo la mía, y con la fuerza del agua tira de mí hacia él y acabamos piel con piel. Lo estrecho entre mis brazos con todas mis fuerzas y nos fundimos en un abrazo apasionado. Siento el calor de su vientre en el mío, ambos dentro del frescor del mar, y todo desaparece alrededor.

El pitido del despertador me arranca de mis sueños una vez más y maldigo que todo haya sido un sueño normal. Después de experimentar los sueños lúcidos, los normales me parecen una trampa, una farsa. Yo quiero poder decidir. Poder hablar con él. ¡Qué rollo! Al apoyar el pie en el suelo para ponerme en marcha, tropiezo con la alfombra y

97

me caigo de cara. ¡Maldita sea! Vaya manera de empezar el domingo. Soy un caso. «Estoy bien, estoy bien.» ¿Dejaré de ser patosa algún día? Me visto con la batita que uso cada mañana antes de la ducha y me dirijo a la cocina a preparar un poco de café.

Son las nueve, genial. Me decanto por un té rooibos con cacao y coco mientras reviso los mensajes del WhatsApp pendientes. Le mando un «Buenos días» a Yago y luego pongo al día de todo lo que hablé ayer con Yago al grupo que tenemos Marta, Max, Pablo y yo.

Pablo: «Si aun así sigue queriendo follarte, es que es tonto».

Yo: «Somos amigos por encima de todo».

Pablo: «Sí, guapa, eso es lo que tú te crees».

Yo: «¿Puede alguien más abierto de miras aportar algo más a la conversación?, porfa. Pablo, estás fatal 🙄».

Marta: «¡Cielo, lo has hecho genial! Mañana, lunes a las 17h en yoga, lo hablamos cara a cara y luego vamos a ver a los chicos al salir. ¿Os va bien?».

Max: «Por mí, genial, en la cafetería a las 19h. Tenemos cosas que contaros».

Marta: «????????».

Yo: «!!!!!!!!!!!!!».

Pablo: «AAAHHH. ¡PACIENCIA, GUAPAS! ¡Hasta mañana!».

Marta: «Por cierto, mañana tiene su segunda cita HILL».

Pablo: «WHAT?».

Max: «¡¡¡Lo de la máquina, cari!!! Ostras, nos tienes que contar cómo fue la primera».

Yo: «¡PACIENCIA, GUAPA! 😀 ».

Pablo: «¡Eres una zorra vengativa!».

Yo: «Jajajaja yo tb os quiero».

Salgo al pequeño balcón a beberme el té tomando el sol. Me tumbo en una hamaca preciosa que compré en una tienda de segunda mano hace algunos años y cierro los ojos. «Vitamina D, ven a mí.» ¿Nunca os ha pasado al despertar de un bonito sueño que si cerráis los ojos de nuevo, por unos instantes, aunque no logréis volver al sueño, sí podéis sentir los resquicios de las sensaciones soñadas? Es justo lo que siento ahora mismo. El sol en mi piel me ayuda a volver por unos instantes a esa playa en la que nos hemos fundido hace escasos minutos en un abrazo sanador. Pau...

Elijo unos *shorts* cortos Levi's y una camiseta de florecitas malva y me dirijo al garaje donde tengo mi preciado coche que nunca saco, pues en la ciudad me es más cómodo moverme en moto. Llevo mi cestita de esparto para poner la verdura. Tengo ganas de ver a mis padres, hace un mes que no estoy con ellos. La verdad es que siempre son ellos los que vienen a verme desde el Pirineo. No somos de llamarnos mucho, pero consideramos sagrada, el primer domingo de cada mes, nuestra comida familiar. Nunca falla.

99

Me crie en un precioso pueblecito a los pies del majestuoso pico del Pedraforca, muy cerca del increíble Parque Natural del Cadí. Y aunque adoro la alta montaña, apenas tengo tiempo para ir. Seguro que se alegran de verme. Gisclareny, el pueblo donde mi madre me dio a luz, en una pequeña cabaña de piedra rodeada de nieve e incomunicada debido a las nevadas de aquel invierno, es el pueblo más pequeño de Cataluña; de hecho, no debería ni llamarse pueblo, pues no tiene tiendas ni escuela…, solo unas cuantas masías de piedra, mucha naturaleza y los vecinos más adorables del mundo, que siguen viviendo en las mismas casas donde nacieron y donde sus hijos se han criado. Mis padres, al enamorarse, decidieron huir de la vida convencional y se instalaron en el pueblo más alejado y de ensueño que encontraron. Ahí me crie hasta que empecé la universidad, cuando me mudé a Barcelona y ya me quedé, aunque, como siempre digo, no hay nada como volver a casa.

Pongo el GPS para comprobar el tráfico y veo que marca una hora y cincuenta minutos. No hay problema, si algo me gusta es conducir hacia los Pirineos.

Tras una hora y media de autopista, tomo el desvío que indica el Pedraforca, y el verde de los valles y las montañas escarpadas me alegra el día. Marco el teléfono de mamá y le doy la sorpresa.

—¿Sí? ¿Diga? —La voz dulce de mi madre me acaricia.

—Mamá. Soy yo.

—Benditos los oídos que te oyen.

—O los ojos que me ven —bromeo.

—Sí, en sueños, hija, porque no hay manera de coincidir.

—Estoy aquí, mami. ¿Vamos al mercado juntas?

—¿Estás en el pueblo, cariño?

—Síííí —le digo entusiasmada.

—¡Oh, qué ilusión, pequeña! Aviso a papá y vamos para allá.

—Hecho, os espero al lado del campanario y vamos andando hacia el mercado.

La alegre voz de mi madre me recuerda la bonita infancia que pasé. Nunca tuvimos grandes lujos, pero poder correr, jugar y vivir en plena montaña con mis amigos me dio una visión y un modo muy liberal de vivir mi vida. Mis padres se pasaron casi seis años buscando un hijo, hasta que por fin mamá se quedó embarazada de mí y, como es evidente, fui superdeseada y esperada. Recuerdo mi infancia entre caballos todos los veranos, y entre muñecos de nieve y chimeneas humeantes todos los inviernos. Y por supuesto, el famoso mercado semanal que no se cancela ni aunque caiga la nevada del fin del mundo. Gisclareny apenas tiene treinta habitantes en invierno, pero los domingos se llena de gente de los pueblos más cercanos que van a comprar fruta y verdura orgánica, ropa hecha por pequeños artesanos y cositas de segunda mano. No hay ninguna calle asfaltada, así que el mercado se sitúa en una pequeña explanada que hay a la entrada del pueblo junto a las primeras casas de payés.

Abro la ventana al tomar el desvío del camino de tierra que lleva a mi casa y siento el aire fresco y húmedo, a diferencia de la ola de calor que hay en Barcelona este mes de septiembre. Huele a pino y a hierbas, y la paz y armonía del lugar me invaden. Cómo me gusta este paraje. Veo a mi madre al final del camino de tierra con sus famosas botas camperas, que lleva desde que me alcanza la memoria, y su poncho marrón canela a modo de vestido. Sacude la mano con alegría y Zumba, nuestro perro, corre hacia mi coche. Cómo he echado de menos achuchar a este grandullón. Me bajo enfrente de la ermita y Zumba salta encima de mí haciéndome tambalear y tirándome al suelo.

—¡¡Zumba!! ¡Tío, qué gordo te has puesto! —le digo mientras me lo como a besos y lo achucho, ambos tumbados en el suelo.

Mi madre sonríe y se acerca.

—Bienvenida a casa, peque —me saluda.

—Mami. ¡Buenos días! —Le doy un fuerte abrazo mientras el perro lloriquea para que le tire el palo que lleva en la boca.

—¡Qué ilusión, hija! Papá se ha quedado en el taller, está acabando un mueble precioso. Y dice que va preparando la comida.

—Genial, mami, qué ganas de veros tenía. Tengo tanto que contarte...

Papá es un artesano que hace muebles de madera a medida para gente con mucho dinero de la ciudad. Es muy reconocido por su estilo barroco. Y la verdad es que lo hace genial. Mientras que mamá cultiva la granja de flores que abastece todas las floristerías de Bagá, el pueblo más cercano. Ver a mamá con guantes de jardinería y una tijera es mi imagen de ella más recurrente. Cuando yo era pequeña, la casa siempre estaba llena de flores secas y frescas, y de tomates y ajos colgados secándose, lo que daba un olor muy peculiar a nuestro hogar. Dulce con un punto salado. Indescriptible. Algo que mamá también hace puntualmente es echar las cartas a sus amigas mientras se toman una infusión de hierbas que ella misma cultiva y seca. Recuerdo que al cumplir los quince me uní a sus «aquelarres», como ellas mismas llamaban a sus reuniones del jueves por la tarde.

—¿A qué se debe tu visita, cariño?

—Pues a que tenía ganas de sentirme un poco en mi lugar. Últimamente estoy algo confundida, mami.

—Pues cuéntame, tenemos un trecho hasta el mercado —me dice mientras caminamos junto a Zumba por un sendero repleto de flores. Y así, entre pinos y flores de finales de verano, le cuento todo lo que ha sucedido con Yago las últimas semanas. Suelo ponerla bastante al día por teléfono, pero aún no sabe nada sobre la máquina y Pau. Parece que no se sorprende en absoluto, y eso me sorprende a mí.

—Verás, hija, yo no quería decirte nada, pero el otro día vi en las cartas que ese chico no era para ti.

—¡Vaya, adivinándome el futuro y sin decírmelo!

—No, pero yo sé que no te gustan esas cosas. —Sonríe tiernamente mientras me acaricia la cara—. Recuerdo, de pequeñita, cómo te sentabas en el aquelarre y mirabas y te reías, pero jamás me pediste que te las echara.

—Ya. —Me río—. Me daba miedo que me saliera la carta de la muerte o la del loco.

—Pues no hay nada que temer. La carta de la muerte simboliza el final de una etapa, y eso siempre quiere decir el inicio de una nueva y siempre mejor. Y la del loco…
—Estalla a reír—. Es tu carta, hija mía. La carta del aventurero, del que se sale de lo convencional y al que todos toman por loco, pero en realidad no lo es, porque él sabe adónde va. Y esa eres tú, preciosa mía. Siempre has destacado del resto y has tenido claro hacia dónde ibas, aunque ibas en contra de lo convencional.

103

—Echaba de menos nuestras charlas sobre tarot.

—Luego las echamos un ratito, a ver si averiguamos algo de este tal Pau. Pero por lo que me cuentas, suena genial.

—Sí, menos por el hecho de que podría vivir en cualquier continente del planeta, estar casado o quién sabe.

—Recuerdas cómo conocí a tu padre, ¿verdad?

—Eso solo pasa en las pelis… Bueno, y en vuestra vida.

—Tú eres fruto de esa película. Así que deberías creer un poco más en la magia.

ϒ

La historia de amor de mis padres es de las más bonitas jamás contadas. Creo que mi parte romántica nace de las veces que mi madre me contó cómo conoció y se enamoró de papá. Ella era de Barcelona y un día, con veintitrés años, fue a un concierto de country con sus amigas. Ninguna de ellas conocía el grupo, pero tocaban en el pub al que solían ir. Cuando el cantante, mi padre, salió al escenario, mi madre tuvo una visión muy potente. Pasaron por delante de sus ojos un montón de imágenes con él. Siempre cuenta que fueron borrosas y que, más que imágenes, fueron sensaciones. La sensación de darle la mano, de pasear juntos, de besarlo, de viajar juntos. Se quedó embelesada todo el concierto, y cuando tocaron la última canción, él desenchufó su guitarra acústica del amplificador y, mientras su grupo seguía tocando en el escenario, bajó entre el público y se acercó a ella tocando la guitarra y cantando. Llegó hasta dónde estaba ella y cantó toda la canción mirándola a los ojos, y al acabar le plantó un beso de película en los labios. Tres meses después, le pidió matrimonio y a los cinco meses se casaron en un viaje a Las Vegas, en secreto y a solas. ¿Puede ser más apasionada su historia? Papá siempre dice que, nada más salir al escenario, vio a mamá mirándolo tan fijamente que se enamoró. Ahora que lo pienso, es lo mismo que nos sucedió a Pau y a mí en el pub. Por primera vez en tantos años, entiendo la historia de amor de papá y mamá.

Paseamos entre los tenderetes del mercado y voy comprando todo lo que necesito. Está a tope, como todos los domingos, y me dedico a saludar a toda la gente que nos vamos cruzando y conozco desde pequeña. Mamá compra aceite orgánico y un poco de pan, y yo me cargo de comida de verdad, fresca y de calidad. Curioseamos las antigüedades y me enamoro de un gramófono que capta mi atención. El gramófono fue el primer sistema de grabación y reproducción de sonido que utilizó un disco plano, como un tocadiscos pero con un precioso y enorme altavoz dorado encima del disco. El vendedor, un adorable anciano de pelo blanco y sombrero de paja, se acerca para informarme de que la reliquia funciona a la perfección, y lo enciende para que lo pueda comprobar. Cuando oigo sonar las primeras notas de «Think», una canción de Aretha Franklin, caigo rendida y no puedo dejarlo ahí. Cuesta doscientos euros, pero el artilugio lo vale. Mi relación con la música es tan especial que oírla de una antigüedad como esta les dará un nuevo sentido a las canciones que tanto escucho en vinilo en casa.

—Tu padre alucinará. Lo querrá para él —me dice mamá animándome a comprarlo.

—Lo sé, lo sé. —Nos reímos cómplices.

—Me ha convencido, caballero, me lo llevo si me arregla un poco el precio —le digo al entrañable vendedor.

—Ciento ochenta para dos mujercitas tan guapas como ustedes.

—Gracias, caballero —le contesto siguiendo el juego.

Y cojo el precioso y brillante gramófono, que pesa más de lo que esperaba.

—¡Oh, no se preocupen! ¿Tienen el coche en la ermita?

—Sí —le contesto algo apurada por el peso de mi nueva adquisición.

—Pueden dejarlo aquí y acabar de dar una vueltecita. En cuanto vuelvan, mi nieto se lo llevará con nuestra carretilla sin problema.

—Muy amable.

Nos sentimos aliviadas y seguimos la ruta.

Mamá se enamora de una cubertería de madera tallada a mano y decide comprar un puchero muy antiguo tallado de una manera sublime. Ella es muy especial con estas cosas, le encanta servir la comida en cazos y con menaje único y con historia. Tras media horita más, volvemos al puesto y, con el nieto del vendedor, vamos hasta mi coche. El perro no deja de correr y perseguir palos que le voy tirando, y yo no puedo parar de contarle a mamá con pelos y señales todas las sensaciones con Pau y los sueños lúcidos. Dejo el gramófono en el coche pero seguimos caminando hasta casa. Corro junto a Zumba dejando a mamá atrás y llegamos los primeros. Papá está en la gran cocina abierta del comedor, y al verme entrar sonríe y viene corriendo para darme un abrazo.

—¡Mi cachorrillo ha venido a visitarnos!

—¡Papá, qué bien huele! —El olor a patatas asadas me abre el apetito.

—Una patatita al horno con cebolla recién cogida del huerto de esta mañana y un poco de garbanzos con tomate y especies. ¿Te apetece?

—Y la mejor parte, un pan rústico recién horneado con aceite virgen extra y ajito —canturrea mamá cuando llega.

—Esa es mi mujer —le responde mi padre, que se acerca a ayudarla a cargar la compra, le da un beso en los labios y le sonríe mirándola con ternura a los ojos.

—¿Cómo lo lográis? —les pregunto ensimismada.

—¿El qué, cariño? —me pregunta papá.

—Estar enamorados como el primer día.

—No estamos enamorados como el primer día, hija —dice mamá mientras mira sonriendo a mi padre.

—Lo estamos cada día más —remata la frase él, como si la tuvieran ensayada.

—¡Ayyyy! ¡Sois tan empalagosos que me ahogo! —les suelto en broma, y abrazo a papá.

Me encanta tener a dos referentes como ellos. Siempre tan puros y transparentes. Se compenetran a la perfección, por eso siempre los he admirado.

—¿Y qué es de tu vida, cielo? ¿Novedades?

Mamá, como ya suponía, toma la palabra por mí y se lo

explica todo, palabra por palabra, tal cual se lo he contado hace unos instantes.

—¡Vaya! Parece que no somos los únicos empalagosos.

—Pero ¿qué dices, papá?, si ni siquiera sé si existe.

Papá se acerca y con su dedo índice señala mi corazón.

—Sí, existe aquí. —Y me toca la cabeza—. Y aquí. En ese caso, es real. Nada más importa.

—Ya, papá, pero no tengo ni idea de dónde encontrarlo.

—Sigue encontrándote con él en sueños. No trates de ir más rápido. No trates de ir por delante de lo que tiene que ocurrir. Es perfecto tal cual es, y cuando sea el momento, ya aparecerá. De verdad, no dañes este momento tan mágico por tus ansias de quererlo todo ya.

—Cómo la conoces… —asiente mamá—. Comamos y síguenos contando.

Ayudo a preparar la mesa para tres en el porche, justo al lado de la mimosa en flor y la fuente que hay frente a la ventana de la cocina, y comemos como antaño, hablando, riendo y compartiendo. Papá me cuenta que el negocio de la madera va un poco de capa caída, pero la granja de flores de mamá produce cada año flores más bonitas, y con la ayuda de papá la cosecha es cada año superior, y con eso tienen de sobra para vivir. Mamá se ofrece a hacerme un ramo para mi pisito, pero yo me niego, como tantas veces. Adoro verlas plantadas en la parte posterior de la casa. No necesito que las corte para mí. Eso lo aprendí de ella. «La naturaleza es mejor no tocarla», siempre decía repitiendo las sabias palabras de la abuela, que fue quien le enseñó el arte de la siembra de flores cuando era pequeña, pues mi madre se crio en Francia antes de mudarse a vivir en Barcelona. Yo creo que los recuerdos de su bonita infancia le hicieron querer volver a vivir en la naturaleza.

—Pues a mí que a este chico le guste el blues ya me ha ganado.

107

—Papá, ¿y si no es real? Lo del blues, por ejemplo. ¿Y si es solo una fantasía de mi sueño?

—¡Bah! Tonterías. Seguro que le gusta el blues. —Se ríe mi padre sacando su faceta de músico—. Ahora que lo pienso, es curioso que siempre que has soñado con él sonara la misma canción.

Me quedo en blanco por un segundo, como si en un solo instante lo hubiera comprendido todo. ¡Exacto!

—¡Es la canción!

—¿Cómo? —pregunta mi madre, que parece que se ha perdido.

—Pues que puede que sea la canción. En el pub, cuando lo conocí, sonaba la canción, y en cuanto se acabó, él se esfumó. Después en la cafetería, al día siguiente, empezó a sonar la canción de nuevo en la radio y, ¡pum!, apareció, y anoche la puse para acordarme de él y una vez más soñé con él.

—Tiene sentido, ¿no?... —balbucea mi padre, y mira a mi madre—. ¿Crees que podría ser?

—Creo que podéis estar unidos a través de un recuerdo conjunto, no de esta vida. Quién sabe, quizá os conocisteis ya antes y por eso os reconocisteis al veros. Y el hecho de que vuestra canción favorita sea la misma puede ser un punto de unión, claro que sí. Es el destino, hija. Voy a por las cartas…

—No, mamá, prefiero que no.

—Pero, hija, que no pueden decir nada malo.

—Lo sé, lo sé, pero no quiero saber, de verdad. Prefiero descubrirlo. ¡Ni se te ocurra hacerlo sin mí, ¿eh?!

—No, no… Me aguantaré. —Se ríe maliciosa mientras se acaba el último bocado de pan con ajo y aceite.

—La comida está deliciosa.

—Violeta, no cambies de tema —mi madre me regaña en broma.

—Bueno, yo creo que tienes que someterte a la máquina de nuevo.

—Sí, sí, mañana tengo la segunda sesión.

—Bien, pues mantennos informados, ¿eh?

—Sí, claro que sí. Ostras, ¿de verdad pensáis que puede ser la canción?

—A mí no me cabe duda… Sabes qué me pasó con tu padre; el día que salió a aquel dichoso escenario y tocó su guitarra, no pude apartar los ojos de él. Y no fue solamente por lo guapísimo que era, sino porque yo conocía a ese chico. Y él, cuando me besó, no estaba besando a una desconocida. Vamos, cuéntaselo —anima mi madre a mi padre.

—Si se lo he contado mil veces, mujer. —Se hace el duro pero en verdad se muere de ganas. Coge la guitarra que tiene apoyada al lado del sofá, finge aclararse la garganta y empieza a tocar esa canción.

Su canción, la canción con la que la besó por primera vez. A mi madre le brillan los ojos como si fuera la primera vez, le pasa siempre que él le canta esa canción, y al acabar se dan un beso fugaz pero apasionado.

—Me dais tanta envidia…

—No tengas envidia, cielo, se trata de buscar a la persona adecuada. El problema es que la gente se empeña en buscar a la perfecta, y la persona perfecta no existe. Existe la correcta. Y eso lo sabes en cuanto la ves. Y todo lo malo o las dificultades que vienen después no importan porque sabes en lo más hondo de tu pecho que es ella.

—Sí, creo que empiezo a entender la sensación.

Pasamos el resto de la tarde paseando por el huerto entre las flores de mamá, junto a Zumba y un té fresquito. Antes de que oscurezca, me acompaña papá con el tractor hasta el coche y le prometo que tardaré menos en volver a visitarlos que esta última vez.

109

$\mathcal{M}$e despierto sin necesidad de que suene el despertador y corro a la ducha. Hoy volveré a encontrarme con él. Sí, debo tenerlo claro para que ocurra. La ley de la atracción funciona. «Hoy lo veré. Hoy lo veré», me repito una y otra vez mientras me preparo mi café con leche de avellanas.

Cojo lo primero que encuentro en el armario y salgo de casa con energía. Hoy voy en bici. En menos de veinte minutos me planto en el local de Christian Hill y trato de fingir normalidad. La chica inglesa de la puerta me saluda con su peculiar seriedad y me indica que me siente hasta que me toque.

Reviso el móvil y aprovecho para mandarle un mensaje a Alfred. Hoy trabajo de tarde.

«Buenos días, esta tarde nos ponemos al día con todos los asuntos pendientes. ¿Te pasarás hoy por la galería? O me dejas un listado de tareas. Espero que hayas tenido buen finde.»

Los diez minutos de espera se me hacen eternos. Releo las revistas que ofrecen en la sala de espera y, cuando creo que voy a perder los nervios, aparece Madeline con su peculiar sonrisa.

—Buenos días, Violeta, no pensé que fueras a volver tan pronto.

—Pues ya ves... Tenías razón, se queda una con ganas de más.

Madeline me pide que la siga, y no puedo evitar hacerle la pregunta que me ronda la cabeza:

—¿Es cierto que solo se pueden hacer tres conexiones?

—Verás, a nivel experimental sí, necesitamos tres interacciones con la máquina para establecer los resultados. Si luego quisieras más, deberías esperar a que se comercialice para volver a conectarte. El problema es que, al ir vinculado a un fármaco, por precaución y salud no se aconseja hacerlo habitualmente. No recuerdo a nivel comercial cuántas conexiones se permiten ni cada cuánto tiempo. Por ahora solo está funcionando en Estados Unidos.

—¿Cuántas veces te has conectado tú?

—Una sola.

—¿Y no quieres más?

—Por querer, querría, pero lo que no quiero es crear una dependencia.

Me quedo un segundo analizando esa contraindicación que no había barajado. ¿Estaré enganchándome?

—Los fármacos que aplicamos, de por sí, ya crean dependencia, y la sensación y la vida que soñamos, aún más. No te voy a mentir. Tiene un punto de peligrosidad si el paciente se vuelve adicto y prefiere estar conectado que viviendo la vida real. Por eso, realizamos tantos experimentos. No solo analizamos que no haya fallos, sino que también medimos vuestras respuestas.

—O sea, que yo lo hago fatal, porque he vuelto en menos de cuatro días.

—¡Fatal no, mujer! Pero sí, demuestras que engancha. —Sonríe porque no tiene ni idea de la magnitud de dependencia que he creado ya.

—Entiendo... —Estoy un poco asustada de pensar que esto pueda llegar a ser un problema.

—No te cortes en preguntarme todo lo que necesites, ¿sí?

—Claro.

—Ahora vamos allá.

Me tumbo en la camilla y respiro hondo. Madeline me coloca los electrodos en la cabeza y me pone la vía. Me duele más que las otras veces, pues tengo la zona ya sensible de los anteriores pinchazos. Por un instante, me siento una yonqui emocional, pero la culpabilidad se disuelve tan rápido como lo rápido que abandono este mundo.

El agua templada cae del techo de la inmensa y lujosa ducha en la que estoy. Desnuda, miro a mi alrededor; nadie, solo el lujoso baño, donde puedo ver cómo el agua realmente cae del techo a modo de lluvia. Es placentero y me digo que todo va a ir bien. No quiero hacer nada por ahora. Me asusta salir, no sé dónde estoy. ¿Será el baño de mi casa con Tomás? Cierro los ojos y me permito sentir el agua recorriéndome la piel. Respiro despacio para recobrar el ritmo cardiaco normal y me repito que estoy aquí para disfrutar.

Pero de repente, unas manos se posan en mis caderas por detrás. Se me congela el corazón y una bola de fuego se instala en mi estómago. No sé quién es, mis ojos siguen cerrados, yo elijo, puedo dejarme llevar o girarme y ver quién es. «Dios, ¿es Pau?» No hago nada, me quedo inmóvil. Lo más inmóvil que he estado nunca en la vida, y sus manos siguen en mis caderas, sin moverse. Respiro, y el tacto de su piel me hace temblar. Tiemblo, y ni siquiera se ha movido. Tiene que ser él. La sola idea me hace tambalear. Me besa el cuello y toda la magia se desmorona: es Tomás. Conozco sus besos. Me vuelvo hacia él y veo su cuerpo desnudo detrás de mí empapándose poco a poco, y

113

no voy a negar que la imagen me gusta. Siempre me ha gustado follar. Pero no puedo desaprovechar el tiempo.

—Tomás, hola, vaya sorpresa...

—No creo que te sorprenda mucho —me contesta con otro beso, esta vez en los labios.

Quizá sea una costumbre nuestra ducharnos juntos. Sea como sea, no tengo tiempo que perder.

—Tengo prisa. He de ir a la galería volando; me ha surgido un imprevisto. —Me sorprendo de mi habilidad con las mentiras y salgo disparada mojando el suelo y dejándolo solo en la ducha.

—De acuerdo, princesa. Pues nos vemos para comer.

—No creo que pueda. Lo siento —le digo ya saliendo del baño.

Sí, definitivamente estamos en casa. Me dirijo a mi bonita habitación, que ya conozco un poco, y rebusco en el armario algo que ponerme. La ropa es toda preciosa y está perfectamente ordenada y planchada. Teniendo en cuenta que nunca he sabido planchar, sin duda tenemos a alguien que lo hace por nosotros. Podría acostumbrarme a esto. Me visto con un vestido cortito de color granate y salgo de la casa. Voy a por Pau. Cojo un taxi que no tengo que pagar hacia Wonder Construccions y decido parar un segundo en su cafetería favorita para comprar dos cafés a su gusto. Con canela. Una vez me sirven los cafés, me dirijo hacia el edificio y sin ningún pudor irrumpo en la recepción.

—Buenos días. ¿En qué puedo ayudarla?

—Vengo a ver a Pau.

—¿Pau?

—Sí.

—Hay dos Paus en la empresa, disculpe, ¿sabe el apellido? —Me quedo parada, pues no tengo ni idea. ¡Ojalá lo supiera!

—Ni idea…

—Tranquila. ¿Está buscando al diseñador o al arquitecto jefe?

—Me temo que al arquitecto jefe.

—Pues no está, señorita. Siento mucho no poder ayudarla —me responde la amable recepcionista.

—¿Sabe cuándo regresará?

—No, no tengo ni idea, depende mucho de los proyectos que tenga.

«Joder, ¿y ahora qué hago? Piensa, Violeta, piensa.»

—¿Podría dejarle una nota de mi parte, por favor? —Me alegro de la gran idea que he tenido y espero que funcione.

—Sí, aquí tiene. —Me tiende un papel en blanco y un bolígrafo.

—Muy amable. —Le sonrío y me retiro con el papel a las butacas de la zona de espera.

No sé ni por dónde empezar. «¿Cómo puedo hacer para que nos encontremos?», pienso una y otra vez. «La canción, la maldita canción.» Se me ocurre de repente y escribo:

Pau, soy Violeta. Espero que me recuerdes, la chica del pub y la cafetería. Necesito volver a verte. Si también lo deseas, estoy aquí de nuevo. No sé cuánto tiempo me quedará, dos o tres días, calculo. Estaré cada mañana en la cafetería junto a tu trabajo. Te espero. Increíblemente, te he echado de menos.

Doblo el papel y se lo doy a la recepcionista. Rezo por que se lo dé y por que se conecte pronto. Si no lo hace, no sé cómo lo vamos a resolver. Por un momento, mientras salgo por la puerta y me dirijo a la cafetería, un miedo voraz me invade. ¿Cómo vamos a lograr conectarnos el mismo día a la misma hora de nuevo por casualidad? Es una locura. Improbable y estúpido.

Me tomo el café que había pedido para llevar, sentada en la misma mesa del otro día, y al acabármelo empiezo con el que había pedido para Pau. Recuerdo las palabras de mi madre sobre las vidas pasadas y las conexiones entre las personas, y le doy rienda suelta a mi imaginación. ¿Podría ser así?

La amable camarera me ofrece una porción de bizcocho de zanahoria recién horneado y no puedo decir que no. Pasan dos horas que se me hacen eternas, divagando en mis pensamientos y mirando la calle, una calle que no es real con gente que no es real, y me pregunto si he perdido la razón. Si se me ha ido la olla por completo buscando a un tío que no sé ni quién es, en un mundo irreal que lo único que hará será hacerme perder la cabeza. Me invade la incertidumbre por un instante y, cuando me incorporo para salir, se me ocurre una brillante idea. Me acerco a la barra y le pido a la camarera:

—¿Sería tan amable de poner la canción «Mrs.» de Leon Bridges?

—Por supuesto, ahora mismo.

Tengo que probarlo, podría funcionar. Las primeras notas suenan en los altavoces del local y decido sentarme de nuevo. Deseo con todas mis fuerzas que aparezca y me concentro tanto en ello que creo que no es real cuando lo veo entrar por la puerta.

—¡Violeta! —Su voz es tanto de sorpresa como de alivio, y me reconozco en ese sentimiento.

—Pau —le contesto, y me levanto a saludarlo.

Quisiera darle dos besos y fingir normalidad, pero lo que me sale de dentro es un abrazo cálido y largo. Cierro los ojos y me invade una sensación de plenitud que me hace no querer soltarlo. Poco a poco, nos separamos y Pau me suelta:

—Es la canción.

—Lo sé —admito.

—Un momento, esto que está pasando es muy fuerte —confiesa Pau—. Acabo de conectarme ahora mismo y he venido corriendo hasta aquí. Bueno, antes he pasado por el pub, pero estaba cerrado. No sabía dónde encontrarte. Iba hacia mi despacho y he oído la canción. Menos mal.

—Yo llevo un rato ya conectada, pero no sé cuánto.

Pasamos de un tema al otro ignorando incluso el descubrimiento de que la canción nos une.

—Vamos, no podemos perder el tiempo.

—¿Dónde vamos?

—Lejos de aquí.

Nos dirigimos al garaje de su empresa y subimos a su coche. Mientras atravesamos la ciudad, me cuenta cosas sobre su vida, y yo sobre la mía. Hablamos sobre nuestros trabajos en la vida real y en la imaginaria. Pero algo extraño ocurre: cada vez que intento decirle el nombre de la galería de arte en la que trabajo para Jean Alfred es como si no recordara el nombre. Trato de explicarle dónde está y tampoco recuerdo el nombre de la calle. Siento una impotencia muy grande, como si hubieran borrado o anulado de mi cerebro tal información. Pau intenta contarme dónde vive, pero tampoco es capaz de recordarlo. ¿Será posible que nos manipulen para no dar datos personales? Ambos alucinamos con lo que está pasando, pero presas de la situación y de las ganas de conocernos, volvemos a charlar sobre nuestras vidas. Así que acabamos hablando de su trabajo ideal, el que está experimentando en el sueño, y yo le cuento el mío.

—Siempre había soñado con dirigir mi propia empresa de arquitectura y con lo que te voy a enseñar ahora mismo.

—Qué intriga...

—¡Te gustará!

117

—Seguro. —Le sonrío y veo cómo me mira de reojo.

—Mi galería de arte es preciosa, ya me gustaría tener una así en la vida real. Luego vamos y te la enseño.

—¿Qué te lo impide? ¿Montar una en la vida real?

—Uf… Es mucho dinero.

—Pero eso no es un problema. Quizá tardes, pero puedes empezar a ahorrar.

—Tienes razón, nunca lo había visto así. Soy de las que lo quieren todo ya.

—Bueno. —Se ríe—. En realidad, yo soy igual. Pero dar consejos a otros es facilísimo.

Le miro mientras conduce y me siento tan a gusto a su lado que me olvido de dónde estamos.

—¿Qué edad tienes? —me pregunta.

—Veintinueve.

—Pareces más joven.

—Sí, suelen decírmelo.

Aparcamos frente a un edificio de las afueras de la ciudad y me invita a bajar del coche como un caballero.

—Hemos llegado.

—¿Me vas a secuestrar ahí dentro? —bromeo señalándole el local, que parece un garaje.

—Si pudiera y quisieras, no lo dudaría —dice y me sonrojo—. Ven conmigo.

Me toma de la mano y lo siento tan natural que no se me hace nada extraño. Caminamos hasta la entrada del garaje, y cuando abre la puerta me quedo boquiabierta.

Parece un local de conciertos. Las paredes son de ladrillos antiguos, hay un escenario con un montón de instrumentos. Pósteres de grandes del blues, el country y el soul de Estados Unidos decoran las paredes. Cierra la puerta y enciende un interruptor que llena la sala de luces pequeñas como guirnaldas de feria. El local se torna un lugar mágico y romántico. Hay sofás con mesitas delante del escenario. No es muy grande, podría albergar a unas cincuenta personas, no más, pero es tan acogedor que me encanta. Me siento en el sofá más cercano al escenario y le suelto:

—Vamos, dime que tocas en este local todas las noches.

Pau estalla a reír y se sienta enfrente de mí en el escenario.

—Y si te digo que el local es mío y que, por supuesto, toco cada vez que quiero, ¿te lo creerías? —Su mirada verde se clava misteriosa en mis pupilas.

Es sexi, atractivo y extremadamente dulce.

—Ojalá fueras real.

—¡Oh! Es lo más bonito que me han dicho nunca —bromea.

—Es verdad, cada vez que pienso que en un rato despertaré y no sabré dónde encontrarte, me da por temer que quizá no seas ni real.

—Yo estoy seguro de serlo. Sé que soy real. Sé cuál es mi vida real.

—Yo también lo soy —le digo para que no le quepa duda.

Pau se levanta y se agacha a mi altura; apoya su frente en la mía y me susurra:

—Yo también empiezo a pensar que eres un hada.

Rompo a reír y lo empujo flojito para que se separe. De un salto sube al escenario y empieza a tocar una guitarra acústica.

—¡Oh, vamos! Conéctala al ampli —le suplico.

Pau me guiña un ojo y, mientras la enchufa, me señala con la mano, como si se tratara de un concierto y me estuviera dedicando una canción.

—Hoy es una noche muy especial —empieza a decir elevando la voz en broma—. Aunque solo son las doce de la mañana —bromea y reímos como dos tontos—. Pero para

119

mí es de noche porque tengo ante mis ojos a una constelación de estrellas.

—¡Anda ya! —le grito desde el público, y le lanzo un beso. Todo fluye tan natural que me da risa—. ¡Canta, canta! —le suplico como una auténtica *groupie*.

En cuanto toca el primer acorde de la canción, ya sé cuál es: «Galway girl», de Steve Earle. Adoro esta canción, no puede tener más buen rollo. Cuando pronuncia la primera frase con un inglés perfecto y una voz ronca, me deshago y siento que de un momento a otro desapareceré en el sofá. «¡Dios mío! Este tío me pone demasiado», me advierto a mí misma. Es algo sobrenatural. El modo en que canta mientras toca la guitarra, me mira y sonríe para mí es irresistible. Me fijo en su ropa; lleva una camiseta negra básica y unos Levi's rotos azul clarito. Sus brazos musculados y su pelo castaño despeinado me vuelven loca. Noto cómo me he quedado paralizada y él se ha dado cuenta. Me hace un gesto con la mano para que suba al escenario y le digo que no con la cabeza. Insiste.

—¡Oh, vamos! No le harás esto a un pobre músico sin público, ¿no? —grita por encima del ritmo que hace con la guitarra

—¡¡Canto fatal!!

—Pues cantaremos fatal juntos.

Y para animarme, empieza a cantar en un tono que no es el de la canción y hace que suene terrible. Me entra una risa incontrolable y estallo en carcajadas. Baja del escenario con la guitarra y me tiende la mano para que suba con él. No puedo negarme, la escena me recuerda a papá y mamá, y todo cobra sentido para mí. Subo y cantamos juntos el estribillo.

I've traveled around, I've been all over this world.
Boys, I ain't never seen nothin' like a Galway girl.

Al acabar nuestro miniconcierto estamos tan cerca, cada uno a un lado del micrófono, que me pongo nerviosa. Siento cómo un cosquilleo me invade el estómago, y antes de que me dé cuenta, se echa la guitarra a la espalda y me besa, me besa con tanta pasión que creo que nadie me ha besado así antes jamás. Sus labios cálidos se hunden en los míos y su lengua recorre la mía con sumo cuidado. Me agarra por la cintura y me acerca a él, con una mezcla de pasión y ternura, e intensifica el beso. Siento cómo me fallan las piernas. Si me suelta, me caigo. Nunca nadie me ha besado así. Desato las ganas y la pasión que Pau me provoca, lo agarro por ambos lados de la cara y me entrego al momento. Me dejo llevar. No sabría describir el sabor de su boca, pero tiene un sabor que me crea adicción. Nos separamos un momento y al abrir los ojos veo cómo se descuelga la guitarra. Nos abrazamos entre besos, como si más que una primera vez fuera un reencuentro. Un reencuentro lleno de ganas y de desesperación.

—No puedo creer que estés aquí.

—Ni yo…

—Ya nada tendrá sentido después de esto —me confiesa.

—Tenemos que encontrarnos —le propongo con esperanza.

—Lo haremos.

Volvemos a besarnos y abrazarnos, y entre la magia del momento y las ganas de no separarnos, Pau coge la guitarra de nuevo y me canta otra canción. Lo miro como si no existiera nada ni nadie más en el mundo. Como si fuera el centro y el epicentro de todo. Me siento como una adolescente a la que han besado por primera vez. No quiero despertarme jamás. Me quedo aquí en este local con él.

—Cantas tan bonito... ¿Lo haces igual en la vida real?

—Lo intento. —Se ríe—. Lo hago en pubs de mi ciudad. Te invitaría a un solo privado, pero no sé dónde vives.

—¡Qué malo eres! —le digo muerta de envidia por esas personas o chicas que sí están en la vida de Pau.

—¿Tienes pareja? —pregunto temiéndome lo peor.

—¿Aquí?

—No lo sé, en ambas vidas, supongo. Ya no sé lo que es real y lo que no.

—No, no tengo en la vida real. Aquí en el sueño sí; bueno, una supermodelo con la que me he encontrado las primeras veces que me he conectado. Poco más.

—¿Y qué? —pregunto intrigada y celosa.

—¡Serás cotilla! —Me da con el dedo en la nariz—. Pues te diré que contigo hablando siento mil veces más que en la cama con ella.

Su confesión me hace sentir segura y me atrevo a contarle mi situación antes de que pregunte.

—Yo en la vida real me veo con un chico, pero no es nada serio, y el otro día tras nuestra primera conexión le conté lo que sentí por ti.

—¿Ah, sí? ¿Y qué sentiste? Porque a mí no me lo has contado aún. —Me besa los labios y vuelve a trastear la guitarra con unos acordes de country fascinantes.

—Pues… sentí lo que siento cada vez que me besas.

—Y eso es… —me incita a seguir.

—¡Quieres saber mucho tú! —le digo frunciendo el ceño.

—Sí, todo. Lo quiero saber todo. —Me lanza una mirada seria, directa a mis labios.

—Pues sentí que te conocía. Había, bueno, hay algo familiar en ti que me hace sentir terriblemente agilipollada.

—Eres una romántica, ¿eh? ¡Guau! —bromea y acto seguido confiesa—: Pues yo sentí que me había enamorado perdidamente de ti solo con verte.

Nos quedamos un segundo en silencio y me tiende un ukelele que estaba apoyado al lado de la batería.

—¿Qué? ¿Yo? No tengo ni idea.

—Creo que solo con que desees tocarlo, lo harás. Recuerda que estamos soñando.

—Se me olvida por momentos.

—A mí también.

—No me quiero despertar.

—Ni yo.

—Toquemos —le digo y trato de tocar torpemente el instrumento.

—Coloca así los dedos. —Me indica él con la guitarra acústica. Lo imito—. Bien, esta es la nota, y ahora mueve así las cuerdas. Vamos. Somos un dúo.

No puedo parar de sonreír como una niña.

—Puedo hacerlo —digo emocionada mientras sigo sus indicaciones, y de mi ukelele sale una melodía similar a la suya, pero más alegre y fresca.

Durante la siguiente media hora tocamos música sin parar. Él me enseña cómo y yo lo hago sin esfuerzo. Lo pasamos genial, entre blues, country y risas. Nunca había tenido tanta complicidad con ningún chico con el que he estado, parece que nos conozcamos de hace años.

—¡Lo has hecho genial! —me felicita emocionado.

—Tengo un buen maestro. —Lo beso en los labios yo por primera vez.

Y entre besos y caricias acabamos en el sofá del público, rodeados de decenas de bombillas brillantes como única iluminación, y sentada encima de él, besándonos con tanta pasión que siento que si no me hace suya en este preciso instante, me desvaneceré. Y como si se tratara de una orden, Pau empieza a besarme el cuello y a desabrocharme el vestido. Sus labios recorren mis clavículas a besos y algún que otro lametazo. Siento fuego entre las piernas. Nunca

123

un hombre me había excitado tanto. Ahora mismo estaría dispuesta a hacer todo lo que él me pidiera. No siento ningún pudor, solo excitación en estado puro, y aunque me da apuro reconocérmelo a mí misma, siento ganas de hacerle todas las guarradas que él me pida. Me descubro entre sus manos y de repente él para.

Se levanta sin dejar de mirarme y yo me quedo sentada con el vestido desabrochado, un pecho fuera, pues voy sin sujetador, y la ropa interior empapada por el deseo. Él, solo con los tejanos y un torso tan definido que parece producto del sueño, se acerca al tocadiscos y pincha un disco clásico de blues. A todo volumen. Cuando las primeras notas de la guitarra se escapan por el altavoz, Pau me hace levantarme mientras se sienta en el sofá y desliza mi vestido hasta el suelo.

No existe en el planeta una música más sensual que el blues. Pau me coloca de pie entre sus piernas. Me gira suavemente y me quedo de espaldas a él. Mi culo queda a la altura de su rostro y no puedo evitar contonear mis caderas al ritmo del blues. Me giro ligeramente y veo cómo me mira de arriba abajo, y suspira.

—Eres perfecta —me susurra y me baja las braguitas muy, muy despacio hasta que acaban en el suelo.

Con su dedo índice acaricia mi tobillo y empieza a deslizarlo hacia arriba por mi pierna, por mi muslo, hasta llegar a mi ingle. Separo un poquito los pies, dejando así las piernas más abiertas y mi sexo más al descubierto.

—No dejes de moverte, por favor —me suplica.

Y mientras su dedo recorre mis ingles, yo me muero por que me toque más y más. Vuelvo a bailar sensualmente para él. Totalmente desnuda. Pau empieza a acariciar mi clítoris con la yema de sus dedos, me pide que me gire mientras me va besando de la espalda hasta el vientre mientras me doy la vuelta. Pongo los ojos en blanco al sentir cómo sus dedos me invaden y su lengua me recorre.

La canción sigue sonando en el tocadiscos y me tiemblan las piernas. Nunca he sentido algo así. Es tan diferente a todo... Me olvido hasta de estar en un sueño. Y lo vivo como si fuera la vida real. Me arrodillo en el suelo y mi boca queda a la misma altura que la suya. Él sigue sentado en el sofá y nos besamos acaloradamente mientras le desabrocho los pantalones. Saca los dedos de mi interior para quitarse los vaqueros y se me escapa un gemido de placer. No quiero que pare. Se queda en calzoncillos y puedo notar su erección a través de su ropa interior. No puedo evitar fijarme en el tamaño de su miembro. Es enorme, y solo de pensarlo crece el deseo más y más. Lo acaricio suavemente por encima de la ropa y hago que suspire. No aguantamos ni cinco minutos así; tira de mí para que me tumbe en el sofá y se pone encima. Siento ahora su miembro entre las piernas y no puedo callarme.

—Hazme el amor.

—Uf... —Suspira y se baja los calzoncillos.

Noto el calor de su piel, y con mucho cuidado y muy despacio, se va deslizando en mi interior.

—No quiero hacerte daño —me susurra al oído.

—Tranquilo.

Lo hace con sumo cuidado y ternura, así que me relajo y me dejo llevar.

El mero tacto de su miembro cálido en mi interior hace estallar un huracán de sensaciones en cada poro de mi piel. Me agarro con fuerza a su espalda, y entre jadeos empezamos a movernos al compás presas de la pasión. Me doy cuenta de la química que tenemos, pues nuestros movimientos, nuestros besos y todo lo que nos rodea es tan perfecto que parece imposible. No hay ni un solo movimiento torpe, y me da por preguntarme si será cosa del sueño.

125

—Violeta, lo que estoy sintiendo es muy fuerte —me dice cerrando los ojos sin dejar de penetrarme.

—Lo sé…, te siento demasiado.

—Es como si una fuerza muy intensa nos uniera. Por más que te haga el amor, no cesa.

—Estamos muy conectados.

—No puedo dejar de hacerte el amor, de besarte, de lamerte… —me dice y acto seguido saca la lengua y me recorre la comisura de los labios para luego seguir por el cuello.

Tiene que ser una cuestión de química porque el deseo crece y crece y me siento conectada a él en un plano espiritual muy profundo.

Pasamos las siguientes dos horas haciendo el amor sin parar; lo hacemos varias veces, y aunque todo ha empezado como una pasión salvaje, acabamos haciéndolo sentados, abrazados, muy despacio, y en determinado momento una lágrima se me escapa y empapa mi mejilla. Estoy emocionada. Todo lo que siento es plenitud. Por todo mi ser. Como si por primera vez en la vida estuviera completa y no me faltara nada más. Escapa a mi razón y Pau se da cuenta.

—No te preguntaré por qué lloras, pero quiero que sepas que yo estoy sintiendo lo mismo.

Su afirmación me hace suspirar y lo abrazo. Nos pasamos entrelazados un ratito más y poco a poco nos vamos vistiendo. Se ha hecho de noche y estoy hambrienta.

—¿Buscamos un lugar para cenar? —le pregunto.

—Por supuesto —contesta mientras me besa la frente—. Además, nos iremos sin pagar.

—¿En serio?

—Alguna ventaja tiene que tener esto de que no sea real, ¿no?

—Pues sí. Tienes razón. —Pau siempre me hace reír.

Salimos del local y la ciudad se ha sumido en la oscuridad de la noche, hay poca gente por la calle y el cielo se ve ligeramente estrellado y sin luna. Caminamos de la mano por las aceras de una Barcelona de finales de verano. Los locales están a tope; es lo que tiene el calor en esta ciudad. Veo a Pau mirar los restaurantes con atención buscando la mejor opción y yo me siento novia por primera vez. Su mano sosteniendo la mía, su mirada atenta a todo, pero especialmente a mí, sus besos fugaces cada cuatro o cinco pasos y sus ojos llenos de sentimientos. Me paro en seco y hago que Pau lo haga también. Nos miramos fijamente sin pronunciar palabra, pero sé que está sintiendo lo mismo que yo. ¿Cómo pueden dos personas desconocidas sentir tal conexión en tan poco tiempo? Encontramos un precioso bistró que capta nuestra atención y decidimos entrar a cenar.

Nos sirven una cena deliciosa, y al acabar Pau me propone dormir en su casa.

—Vivo solo en un bonito ático, a muy poca distancia de aquí

—Me encantaría —le confieso emocionada de poder pasar la noche con él.

—Quizá ya no nos despertemos juntos. La última vez me desperté al cabo de un día…

—No pensemos en eso. Vivámoslo como si no existiera la máquina y todo esto fuera el mundo real.

—Sí…

Llegamos a su casa en un corto paseo y me la enseña rincón por rincón. La verdad es que es digna de un buen arquitecto. Me encanta. Es un gusto muy diferente al mío. Más minimalista, todo en grises piedra y negros, pero tiene un estilo muy propio y con un aire muy elegante. Tomamos una copa de vino en su sofá y acabamos en la cama,

127

desnudándonos de nuevo y haciendo el amor una vez tras otra. Sin fin. Con la ternura y cariño del que lleva años amando a una persona.

—Mañana seguirás aquí —me promete Pau mientras se me van cerrando los ojos.

11

$\mathcal{U}$na melodía clásica me hace abrir los ojos y el sol que entra por la ventana me deslumbra. Juraría que es Mozart. Me sobresalto al ver la cama vacía. Sigo en casa de Pau, sigo en el sueño, pero...

—Pau... —alzo la voz para llamarlo.

Nadie responde. «Mierda, mierda.» No puede ser. Salto de la cama desnuda e irrumpo en el comedor. Nada.

—¿Estás aquí? —Nadie responde. Apago la música de golpe—. ¿Pau?

Corro al baño, nada. Justo cuando siento que un nudo en el estómago me va a hacer estallar en lágrimas, entro en la cocina y le veo preparando el desayuno con los cascos puestos. Me tranquilizo y recobro la compostura. Pau se da cuenta de mi presencia y se gira para darme los buenos días.

—Hey, ¿y esa cara? ¿No has dormido bien?

Debo tener aún la cara del susto. Suspiro.

—Pensé que te habías ido.

—Te dije que no lo haría.

—Ya, pero...

Pau se acerca y me coge las manos; me besa con delicadeza una de ellas y luego la frente.

—Me vaya o no me vaya, no pienso dejarte. Siempre podrás volver a buscarme.

—No es tan fácil. No sabemos cómo hacerlo.

—Pues lo descubriremos.

—Vale. —Su voz segura y sensual me tranquiliza, y aún desnuda, me abrazo a su torso—. Ayer fue muy especial.

—Sí… Como nunca. —Me sonríe.

Me visto con una camiseta gris de Pau que me sirve de vestido y desayunamos en el sofá mientras hablamos sobre cómo podemos volver a encontrarnos. La idea de pasarnos el día sentados charlando sin más planes me parece por primera vez en la vida el mejor plan.

—Yo creo que debemos averiguar a qué se debe la anomalía en la máquina que nos hace estar aquí los dos a la vez.

—¿No crees que en cuanto les contemos eso lo tomarán como un fallo y buscarán cómo repararlo haciendo que no ocurra nunca más?

—No lo había pensado…, pero ahora que lo dices tiene sentido.

—El otro día soñé contigo en la vida real; no era como esto, fue un sueño real, pero creo… que a través de la canción podemos hacerlo.

—¿Cómo? A mí me pasó lo mismo, Violeta. Puse la canción en mi casa porque me recuerda a ti y sentí cosas extrañas, como nostalgia… Como si hubiera algo más. Y cuando llegué al sueño, fue oír la canción y sentir que tenía que dirigirme a la cafetería. Tenías que estar allí. Y allí estabas, y sonaba la canción. ¿Tiene algún sentido?

—No tengo ni idea… Solo quiero pasar tiempo contigo.

—¿Te apetece ver una peli?

—¡Ay, sí, qué buena idea! Nada me apetece más que quedarme aquí acurrucada contigo. No quiero saber nada del mundo exterior.

Pau se ríe y enciende la tele para buscar una peli a la

carta. Elegimos un *thriller* que parece muy interesante y nos olvidamos del mundo.

Se ha hecho tarde entre películas, caricias y hacer el amor, y decidimos salir a dar un paseo. Cogemos el metro y le propongo enseñarle todos los rincones mágicos y llenos de historia del arte de la ciudad. Basé mi tesis de final de carrera en ellos, así que sé bastante de historia sobre los lugares más especiales de Barcelona. Le parece una buena idea y propone hacerlo con buena música. Saca unos auriculares del bolsillo y nos ponemos uno cada uno. Enciende su lista de reproducción de jazz y la música inunda mi cerebro mientras paseamos de la mano.

Nuestra primera parada es en uno de los lugares más bonitos y románticos para mí de Barcelona. La plaza Sant Felip Neri. Una preciosa y pequeña plaza adoquinada en pleno barrio Gótico, al lado de la catedral, con una fuente en medio y un enorme árbol que la corona. En la esquina, hay un pequeño oratorio que celebra una misa todos los miércoles a las seis de la tarde con un grupo de góspel que canta genial. Poca gente conoce este lugar, y lo más curioso de él es que, a pesar de estar en pleno centro de una de las ciudades más cosmopolitas de Europa, es entrar en esta plaza por uno de sus callejones y sentir que has retrocedido en el tiempo. El silencio y la paz la inundan y puedes imaginarte en la Edad Media.

—Cuéntame la historia —me pide Pau—. Porque pienso besarte en cada uno de tus lugares favoritos de la ciudad.

Y antes de que me dé tiempo de empezar, me besa con pasión mientras en nuestros cascos suena «It never entered my mind», de Jeff Goldblum, una exquisita pieza de saxo que hace que una vez más levite. Una presión en el

131

pecho cuando Pau me besa mientras suena la canción me hace recordar que no es un sueño cualquiera. Que todo esto puede ser real. Cierro los ojos y me permito vivir el momento.

—Este precioso edificio es de estilo barroco; mi favorito, por cierto. Además, se construyó sobre un antiguo cementerio medieval. Estamos encima de decenas de tumbas. El cementerio se destruyó durante la Guerra Civil española. Una pena, porque debía de ser un lugar muy especial, quizá por eso guarda esta aura tan misteriosa. ¿Puedes sentirla? Fíjate en eso, ¿ves los agujeros de la pared de la iglesia? Aún se pueden ver los restos de la metralla de una bomba lanzada durante la guerra. Murieron muchos niños que habían venido a refugiarse en el sótano.

Pau me mira embelesado, como si de repente se hubiera enamorado de nuevo.

132 —Me encantas. Quiero que sigas mostrándome tu mundo.

—Yo quiero que sigas besándome en mi mundo.

Sus labios hambrientos vuelven a acariciar los míos y nos fundimos en un nuevo beso, pero esta vez viene acompañado de un abrazo profundo.

—Siempre he querido tomar un chocolate caliente aquí —le digo señalando un pequeño local con mucho encanto que hay en una esquina de la plaza.

—Tomémoslo —me dice, y tira de mí hasta sentarnos a una mesa en la terraza.

—Gracias.

—¿Y tú a mí me las das?

—Sí… Tú te acercaste a mí e hiciste esto posible.

Pau se queda sin palabras, me acaricia la mano y nos tomamos nuestro chocolate caliente acompañado de unas galletitas de canela deliciosas. Sin prisas, degustamos nuestros chocolates hasta quedarnos saciados.

—Seguimos —le digo levantándome de la mesa y poniéndome de nuevo los auriculares—. Música, maestro.

Elige otro tema sinfónico de jazz que me encanta. Tiene más ritmo que el anterior y me hace salir corriendo. Pau corre a mi lado. Corremos de la mano tratando de que no se nos suelte a ninguno el auricular. Nos reímos como niños pequeños cuando casi chocamos con una pareja de adolescentes que están haciendo el tonto como nosotros y nos damos cuenta de que no hay edad para sentir lo que estamos sintiendo. Decido mostrarle una parte muy especial y que poca gente conoce de la catedral aprovechando que está a escasos metros de la placita.

—Segunda parada, *my lord* —bromeo como si fuera una guía de la Edad Media, aprovechando tal arquitectura.

—Pareces una profesora sexi.

—¡¡No!! Soy tu guía.

—Mmm… ¿Mi profe sexi haciéndome de guía?

—Vale —bromeo y lo pellizco mientras tiro de él suavemente para que entre en el patio de la catedral—. ¿Me permite ponerme técnica?

—Por supuesto, profe.

—Atento, querido, aquí va una breve historia de este lugar. —Le sigo el rollo y encarno el papel de profesora/guía sexi—. Se construyó entre los siglos XII y XV sobre la antigua catedral románica, construida a su vez sobre una iglesia de la época visigoda. Si te fijas, los restos pueden verse aún en el subsuelo. Mira —le digo señalando hacia abajo.

Pau finge estar boquiabierto.

—Me pones demasiado cuando te muestras tan intensa y técnica.

—¿Ah, sí? ¿Eso se le dice a una profesora?

—Yo solo quiero follarme a la profesora.

—¡Serás bruto!

133

Nos reímos y Pau da un paso adelante.

—Ahí va su beso en su segundo lugar favorito, señorita.

Y me besa, y de nuevo ese cosquilleo como si fuera la primera vez.

Los preciosos arcos del claustro de la catedral me hacen sentir en un cuento de princesas y caballeros medievales, con los techos abovedados y la luz tenue de los pasillos. Seguimos paseando y visitamos el interior de la catedral. Pau me señala las vidrieras y explica cómo le gusta a él mezclar estilos especialmente inspirándose en el modo en que entra la luz en las iglesias. Tras media hora observando los detalles arquitectónicos, ponemos rumbo al tercer destino. Hacemos un buen equipo. Ahora toca el teleférico de Montjuïc.

134   El famoso telecabina rojo que une el puerto con Montjuïc siempre me ha parecido una estampa de postal. Como una cápsula del tiempo, te subes y pasas por encima del mar hasta una de las montañas más bonitas de la ciudad, llena de parques, jardines, museos y el Jardín Botánico.

—Nunca he subido, pero desde fuera se ve precioso —confieso.

—Pues hoy es el día —afirma.

—Se construyó en 1970, aunque en 2007 se remodeló.

Nos ponemos a la cola tras los turistas que abarrotan la taquilla y esperamos nuestro turno abrazados sin pronunciar palabra. Con Pau todo es nuevo, y los silencios se convierten en momentos tan ricos y llenos de vida que todo lo demás me sabe a poco.

Al sacar los billetes, pedimos ir solos en una cabina. Dicho y hecho. Subimos en una y nos quedamos embobados frente al cristal contemplando el mar. Barcelona lo tiene todo. Cielo, tierra y mar. Para fuego, ya estamos nosotros.

El trayecto con el teleférico es corto pero genial. Las vistas son preciosas y el resto del mundo parecen hormiguitas a nuestros pies. Pau me besa como empieza a ser costumbre en cada lugar que le enseño y yo solo deseo no despertarme jamás.

Mientras paseamos por Montjuïc, encontramos un bonito restaurante repleto de lucecitas que capta nuestra atención y nos decantamos por picar algo antes de seguir con nuestra ruta. Mientras tomamos unas tostadas y un vino, Pau vuelve a sacar el tema:

—¿Cómo hacemos para conectarnos de nuevo a la vez?

—Ni idea… ¿Y si fijamos un día y pedimos la misma hora?

—Sí, eso sería ideal, pero ¿y si a alguno de los dos no nos dan hora para ese día? ¿Habrá que fiarse del azar de nuevo? Dos veces seguidas ya me parece bastante inverosímil.

—No lo sé… Encontrémonos fuera del sueño.

—¿Cómo? —me dice mientras acerca su silla a la mía y da un sorbo de su copa.

—Ya que no recordamos dónde vivimos, quedemos en Barcelona, aquí mismo, en este restaurante el próximo domingo a la hora de comer, a las dos del mediodía, por ejemplo.

—Claro, qué buena idea. No tengo ni idea de si vivo cerca, pero haré lo que sea para estar aquí. Pero ¿y si no funciona?

—Si no funciona, pedimos hora el lunes para conectarnos de nuevo.

—No quiero ni pensar que pueda salir mal… —me dice Pau, y me abraza—. Hagámoslo. Estaré aquí el próximo domingo.

—Quiero saber más de ti. Más allá de las sensaciones que tenemos juntos. Quiero conocer tus gustos, tus manías… Pero del Pau real.

—Sí…, y yo las tuyas.

135

ϓ

Acabamos de comer y alquilamos una moto para seguir el recorrido. Siguiente parada, el precioso Tibidabo, con su parque de atracciones urbano, la enorme iglesia iluminada y la noria que tiene vistas sobre toda Barcelona. Montjuïc está situado junto al mar, y la panorámica del Tibidabo es también hacia el Mediterráneo, con toda la ciudad perfectamente organizada a nuestros pies, con sus manzanas distribuidas en calles y avenidas, la brillante torre Agbar, la Sagrada Familia... Una ciudad tan llena de magia que, si no fuera la mía, querría visitar sin duda.

—Me encanta este parque de atracciones —comenta Pau mientras bajamos del barco pirata.

—Sí, es mágico.

—¿De qué año es?

—La capilla se construyó en el 1886 o 1887, si no me equivoco. Y desde ahí empezaron a construir el resto. Pero pasaron muchos años. Porque estaba muy mal comunicado con la ciudad. Hasta que no construyeron el funicular, no fue popular.

—¿Algún dato más secreto de los que solo sabe la profesora sexi?

—Oh, veo que te interesan las cosas ocultas. Pues sí. Sí hay un misterio... Durante el periodo medieval se conocía como monte del Águila, pero no fue hasta el siglo XVI cuando los monjes residentes del monasterio la llamaron como hoy la conocemos: Tibidabo. El nombre está formado por dos palabras, *tibi* y *dabo,* que significan «te daré».

—Te daré... —repite Pau con ironía.

—Sí..., serás tonto. —Lo despeino jugando.

—Yo a ti sí que te daré... —Me besa—. Alegrías te daré.

Nos echamos a reír y Pau me coge en brazos para darme una vuelta.

—¿Puedes ser más inteligente y sexi? —me susurra.

Me río y seguimos paseando.

—¿Me da mi beso, señorito?

—Oh, disculpe —bromea—. Ahí va, señorita.

Finge coger aire exageradamente y me planta un morreo en toda regla. Me cuesta besarlo porque me ha dado la risa.

—Bien, así me gusta. No se olvide de mis besos —le sigo el rollo—. Si tuviera que definir este parque de atracciones construido en el mayor mirador de Barcelona, lo haría con la palabra «increíble» o «romántico». Es un punto obligatorio que visitar para todas las parejas enamoradas. Tiene un halo tan especial que es imposible no pasar un día increíble paseando por el parque. Si en vez de historiadora de arte fuera directora de cine, esta sería sin duda la localización estrella de mis películas.

Tras una hora dando vueltas por el parque de atracciones y dos vueltas seguidas a la noria sin parar, ponemos rumbo hacia los Búnkeres del Carmel. Quiero enseñarle el atardecer desde ese punto. Muy similar a las vistas del Tibidabo, pero con más historia.

—Estamos sobre los restos de una batería antiaérea de la Guerra Civil española.

—Disculpa mi ignorancia, pero ¿qué es eso exactamente?

—La artillería antiaérea era el único medio para afrontar la amenaza militar aérea. Consistía esencialmente en ametralladoras o cañones destinados a la destrucción de las aeronaves que volaban por aquí.

—¡Vaya tela con Barcelona!

—Bueno, las guerras son así sea la ciudad, el país o el continente que sea…

—Ya…

Tras un rato caminando, nos sentamos y nos abrazamos

137

junto a un par de parejitas más y un grupito de amigas que está fumando y charlando contemplando la puesta de sol. Le propongo una locura:

—Colémonos en el Laberinto de Horta.

—¿Un laberinto?

—Sí, es un lugar superbonito, un gran laberinto vegetal, rodeado de jardines y estatuas. Es el jardín más antiguo que se conserva en la ciudad. Ahora la entrada vale dinero, pero por la noche seguro que no hay nadie. Además, podemos hacer lo que nos venga en gana, ¿no? Pues saltemos.

—¡Estás loca! ¿De qué está hecho el laberinto?

—Quiero cometer locuras ahora que tengo con quién hacerlo. El laberinto está hecho de cipreses bien recortaditos, de estilo neoclásico y romántico.

—¡Guau! ¡Saltemos los muros del laberinto entonces! —Me agarra del culo y me da un beso en el cuello.

138

Con la moto llegamos en menos de media hora, paramos a comprar unas pizzas de camino, que comemos sentados en la acera delante del laberinto. En efecto, no hay nadie ni ningún control de seguridad.

—Me encanta cocinar —suelta Pau.

—¿Cómo?

—Querías saber cosas de mí… Me gusta cocinar.

—Ah, vale. —Sonrío avergonzada por mi torpeza—. A mí me gustan los baños calientes en verano.

—Mmm… Soy ordenado, pero no maniático.

—Soy un desastre.

Pau rompe a reír.

—Vale, no me gusta mucho el deporte, pero me encanta la escalada. No me verás en un gimnasio, pero dame una pared para trepar y me vuelvo loco.

—¡Qué miedo!

—¿Nunca lo has probado?

—No… Pero me gusta el submarinismo.

—Suena bien. Detesto los programas del corazón. Por favor, no me digas que eres de las que los ve.

—No, no los veo. Pero tampoco los detesto. —Lo despeino para molestarlo y me agarra las manos para que pare y me las besa.

—Me pone mucho que quieras saltar estos muros.

—Vaya… —digo sorprendida—. A mí me pone que no te niegues a saltar conmigo.

—Vamos bien, esta relación puede ser interesante.

—¿Tenemos una relación?

—Por mí, tenemos lo que tú quieras —me suelta antes de besarme apasionadamente.

Mientras lo beso, me doy cuenta de que la conversación es más seria de lo que planeábamos y que, de algún modo, acabamos de definir qué somos.

—¿Vas a quedarte callada? —me susurra entre beso y beso.

—No… —Juego con él.

—Vaya… Ahora la gatita se pone interesante.

—Miau… —Sigo con el juego.

—Entonces daré por hecho que eres mi gatita —y dice «mi» con énfasis.

—Sí… —le contesto medio ruborizada, y me escondo en su abrazo, apoyando mi cabeza en su cuello.

—Pues ¡tenemos una relación cuántica de la hostia! —se mofa Pau.

—Mística, esotérica, que trasciende el espacio temporal… Tengo que hablar con mi madre, que me eche las cartas, lo que sea… Porque ya no puedo más con la intriga. ¿Quién eres?

—No existo. Solo soy producto de tu imaginación.

Y tras la broma, empieza a hacerme cosquillas y me tiro

139

al suelo sin poder remediarlo. Las cosquillas acaban conmigo. Me río a carcajadas, y Pau no para de pellizcarme y darme besos.

—Cuando no puedas más, maúlla, gatita.

—Miau, miau, miaaauuuuuu —grito a carcajadas con esfuerzo y dolor—. Para, ¡paraaa!

Pau se ríe y para, y yo recupero el aliento. Nos ponemos en pie y buscamos por dónde saltar.

Encontramos unos arbustos bajitos por los que podemos trepar con facilidad y Pau me ayuda a subir. Una vez arriba, se ve todo el laberinto, sutilmente iluminado con algunas farolas cálidas. Parece un cuento de hadas. Pau sube y también se maravilla. Las grandes escaleras de piedra, los setos formando el laberinto, la preciosa fuente en el centro donde el agua brota generosamente, las estatuas. Saltamos y nos adentramos por la oscura maleza que lo bordea. Vamos de la mano, enamorados, atontados, dormidos…

—¿Y si salgo corriendo y tienes que encontrarme?

—¿Y si te pierdes y no encuentras la salida, listillo?

—Pues tendrás que buscarme y rescatarme…

—Oh, la princesa salva al príncipe. Me gusta. Te doy solo treinta segundos de ventaja. Uno, dos, tres…

Empiezo a contar tapándome los ojos como si fuera una niña pequeña y oigo cómo Pau se aleja corriendo.

—No hagas trampas, ¿eh, gatita? —me grita a lo lejos.

Abro los ojos y empiezo a correr por el laberinto. Primero a la derecha, luego izquierda, dudo…, derecha… Se ha escondido bien. Sigo buscando y buscando, y en dos minutos un mal presentimiento me genera un escalofrío.

—¿Pau…? —grito asustada—. Pau, si estás ahí, no tiene gracia. ¡Pau!

Pero Pau no responde, Pau no aparece. Vuelvo a recorrer el laberinto, que yo sí conozco, y un miedo atroz me recorre el cuerpo. «Se ha ido. Se ha ido.» Maldigo el estúpido juego y me pregunto por qué, por qué ha tenido que despertarse. ¿Qué ha pasado?

—Pau, por favor. Vuelve —grito con fuerza.

«Pon la canción», me digo a mí misma, pero no tengo cómo. Espero un buen rato sentada arriba del todo, desde donde se ve el laberinto entero, y ni rastro de él. Empieza a amanecer. Debo volver. Recuerdo las palabras de Madeline cuando me dijo que, si quería, podía despertar en cualquier momento. Quiero despertar. Quiero despertar. Cierro los ojos con fuerza y siento cómo mi mano presiona un interruptor. En menos de diez segundos un mareo brutal me hace abrir los ojos en la camilla del doctor Hill.

12

—¿*E*stás bien, querida? —Madeline me mira preocupada—. Tienes mala cara.

Me incorporo rápidamente y vomito. Madeline se asusta y me agarra la cabeza.

—Tranquila, bonita. Voy a traerte un vaso de agua y una pastilla para el mareo.

—No quiero nada de eso.

—¿Qué ha ocurrido? —me pregunta mientras coge un cuaderno.

Dudo si contárselo o no. Necesito hacerlo. Necesito respuestas. Pero no lo hago. Por miedo. Por si no vuelve a ocurrir.

—Necesito hora para el próximo lunes a la misma hora que hoy. ¿Puede ser? —Mi tono exigente descoloca a Madeline.

—Bueno, esto no funciona así… Necesito que me cuentes a qué viene tanta urgencia y, sobre todo, por qué has pedido despertarte antes de la hora.

—¿Cuánto rato me faltaba?

—Aún te quedaban quince minutos de tiempo real.

—De acuerdo… Me habré asustado o equivocado. No lo sé, estaba pasándolo bien y de repente he regresado —miento.

—Ah, en ese caso, quizá has apretado el interruptor sin querer con algún movimiento.

—Sí, será eso. ¿Serías tan amable, Madeline, de darme hora para el próximo lunes?

—Voy a consultar la agenda.

—Muchas gracias.

Madeline sale de la habitación y yo me pongo en pie. Me siento algo abrumada y mareada. Me abrocho los zapatos y espero a que vuelva. De repente me viene el recuerdo de que hemos quedado en encontrarnos. «¿Dónde era? ¿Dónde era? Mierda, no logro recordarlo. ¿Cómo puede ser?» Otra vez la misma sensación. No recuerdo dónde ni cuándo hemos dicho de vernos. Maldita sea, la máquina no nos permite encontrarnos. ¿Por qué será?

—Estás de suerte. Hay un hueco, pero es un pelín más tarde. Media horita más tarde.

—¿No podría ser a la misma hora de hoy?

—Me temo que no…

—¿Es posible que no recuerde ciertas cosas del sueño?

—Si esas cosas pueden alterar el curso de tu vida real, la máquina las bloquea para no interferir.

«¡Joder! —pienso—. Por eso no logramos recordar nada que haga posible un encuentro.»

Salgo del centro y me dirijo a casa de Marta por sorpresa y sin mirar el móvil.

Mi amiga abre la puerta en bata y veo a Billy cocinando.

—Menuda sorpresa —me saluda con un abrazo, y al ver mi mala cara me dice—: Te quedas a comer y me lo cuentas. Sea lo que sea.

—Sí, ¿no molesto?

—Nunca molestas. Billy está cocinando. ¡Cariño, Violeta se queda a comer! —avisa a su chico desde el recibidor.

—¡Genial! Ahora te saludo, Violeta, que se me quema lo del horno —me grita Billy.

—¡Tranquilo, Billy, y gracias! —me dirijo a él desde el salón—. Entro a trabajar en dos horas.

—Tiempo de sobra. Vamos, cuéntame.

—Hoy he vuelto…

—¡Ostras, es verdad! ¡No me acordaba!

—¡Lo sé! Si no me hubieras reventado el WhatsApp a mensajitos de voz y emoticonos...

—Qué boba. ¿Estás bien?

—No… La verdad es que no.

—¿Lo has visto?

—Uf… Ha sido increíble… Es la canción. Cada vez que suena, él aparece.

—¿Estáis unidos por una canción?

—¡Maldita sea, no lo sé! Pero ocurre.

—Vale, entiendo… ¿Cómo ha sido esta vez?

—Fuimos a un local suyo de conciertos y tocó para mí. Luego hicimos el amor. Y…

—No no no. Espera. A mí me lo cuentas con detalles, ¡por dios!

Me río y vuelvo a empezar contándole todo con pelos y señales: las sensaciones, las conversaciones, los lugares que visitamos…

—¡Guau! Parece una película.

—Lo es, cada vez que estamos juntos lo es.

—Pero ¿te está afectando, Violeta?

—Sí, ahora ya sí. Lo úncio que quiero volver a conectarme. Y solo me queda una sesión.

—Oye, esa máquina va con un fármaco, ¿no?

—Sí… ¿Por?

—Imagino que, como todo fármaco, puede tener efectos adversos.

—Pues no tengo ni idea, no me asustes.

—No, Violeta, esto es serio, por más guay que sea y por más la hostia que te sientas, no olvides que estás bajo el efecto de una droga, de una máquina. De una realidad virtual… Tienes que ir con cuidado.

145

—Marta, ¿te crees que no lo pienso? ¿Que puede ser que Pau no sea como en los sueños, o que en la vida real no sintamos eso el uno por el otro?

—Yo solo sé que deberías parar.

—¿Cómo voy a parar? Si paro, lo pierdo. ¿No lo entiendes?

—No, no entiendo nada. No entiendo cómo coincidís siempre, no entiendo por qué crees que es un error de la máquina… Me cuesta entenderlo, la verdad.

—Déjalo.

—No, Violeta, no te pongas así. No dejo nada. Me importas, y empiezo a verte alterada y afectada por esa maldita máquina.

—Pues ayúdame a encontrarlo.

—Pero ¿cómo?

—No lo sé, tú eres la lista del grupo. Dale al coco, porfa.

—Vale, pensaré, consultaré con un par de amigos neurólogos de Billy. Si saco algo en claro, te lo diré.

Billy irrumpe en el salón con el mantel y los cubiertos y me saluda simpático.

—¡A comer, chicas! —dice acto seguido de darme dos besos.

Nos sentamos a la mesa y nos sirve, como si se tratara de un restaurante. Marta tiene una suerte con él que ni lo sabe. Charlamos sobre cosas banales que no me importan en absoluto, pero la comida es deliciosa. Al acabar, les doy las gracias y le suplico a Marta que hable con los amigos de Billy. Me voy directa al trabajo. Hoy toca reunión con Alfred y, la verdad, lo temo.

Llego a la galería con quince minutos de retraso y Alfred está ya de mal humor.

—Violeta, ¿dónde tienes la cabeza?

—Perdona, no estoy pasando por un buen momento.

—¿Necesitas hablar? —Se ablanda porque en el fondo es un trozo de pan.

—No, gracias, Alfred. Dime, ¿qué hay para esta semana?

—De eso quería hablarte. Me voy fuera dos semanas a París por temas personales. Nada grave, pero son asuntos que debo solucionar. Así que no hay exposiciones en los siguientes quince días.

—Vaya, debe de ser importante. Nunca hemos estado tantos días sin exponer.

—Bueno, siempre hay una primera vez —dice sin sonreír.

—¿Necesitas hablar? —Ahora soy yo la que ofrece ayuda.

—No, gracias —responde con serenidad.

—¿Qué quieres que haga o prepare?

—No hay mucho que hacer. Encárgate de buscar nuevos artistas que estén de moda y gestionar los *e-mails* y llamadas. Si quieres, puedes hacerlo desde casa. Con que vengas un par de días a ventilar y estar aquí por si alguien viene es suficiente.

—Suena a semivacaciones —le digo.

—Sí, tómatelas, te irán bien. Estás rara últimamente. Por favor, dile a Yago que me mande las dos últimas facturas de los *caterings* cuanto antes.

—Lo haré —contesto y un regusto de nostalgia me hace pensar en cómo estará Yago.

—Bien, pues me encierro a trabajar, que así lo dejo todo preparado. Tienes una lista con empresas a las que llamar para solicitar y enviar facturas. Y los clientes de la última exposición que compraron piezas. Encárgate de que la mensajería recoja los encargos como muy tarde mañana.

—¿Envío urgente, como siempre?

—Sí, por favor. Cualquier cosa, estoy en mi despacho.

—Hecho, jefe.

—Vamos, Violeta, y alegra esa cara. Sea lo que sea, todo se arreglará.

—Gracias, espero que lo tuyo tampoco sea nada grave.

Alfred sonríe, pero no me transmite alegría. Es muy reservado y sé que algo le ha ocurrido, pero si él no me lo cuenta, no le voy a preguntar nada. Lo aprecio mucho, pero yo tampoco estoy como para descifrar ahora sus enigmas, así que me encierro a lo mío y me olvido del tema.

Dos semanas sin Alfred. Parecen un regalo del cielo. Aunque sin trabajar no pararé de dar vueltas y vueltas al asunto. Será mejor que busque algo en que ocupar el tiempo o me volveré loca esperando que llegue el lunes. Antes de ponerme con los recados de Alfred, miro el móvil y veo un mensaje de mi madre.

«Mi niña, ¿cómo ha ido la sesión de hoy?
Tenemos que hablar. He visto algo.»

«¡Maldita sea, mamá!», pienso. Seguro, no, segurísimo, que ha echado las cartas. Aunque en un primer momento me da rabia, enseguida me alegra tener algo más de información y, sobre todo, me dan ganas de llamarla. Me pongo a trabajar, aunque con la cabeza en las nubes.

Por fin son las ocho de la tarde y Alfred y yo salimos juntos de la galería.

—Que tengas buen viaje, no dudes en llamarme para lo que sea.

—Así lo haré. Disfruta de estos días tú también, que te lo mereces.

Nos damos un abrazo que no se darían jefe y empleada, y Alfred coge un taxi y desaparece. Es tarde y empieza a oscurecer. Siento vibrar el móvil y, cuando lo cojo, el nombre que aparece en la pantalla me deja por un segundo sin aliento. Es Tomás. Descuelgo sin pensar mucho en por qué coño respondo a su llamada, pero hay cosas que no cambian.

—¿Hola?

—Buenas noches, Violeta.

—Hola, Tomás, ¿qué tal?

—Bien, bien. He visto tu mensaje y tu repentino cambio de opinión me ha descolocado.

—No estás acostumbrado, ¿eh? —le suelto como una puñalada fría.

—¿Cómo?

—Nada, era broma…

—Um… ¿Te apetece tomar una cerveza esta noche?

Su pregunta y tono de voz desencadenan en un instante una película en mi cerebro, un conjunto de imágenes de nuestra relación, buenas y malas, que me hacen sentir un nudo en el estómago. Y sin ser muy consciente de por qué le digo lo que le digo, lo suelto:

—Pues verás, Tomás. Es que no me apetece verte.

—Pero… me escribiste diciendo que sí.

—Bueno, fue por no quedar mal contigo y por saber de ti. Por educación, vaya.

—Oye, ¿te pasa algo?

Sin duda, nota mi sarcasmo y mi tono distante, y por un segundo me sabe mal.

—Disculpa. He tenido unos días un poco duros. Pero todo está bien.

—Entonces, ¿tomamos algo?

—No, Tomás. No me apetece, pero gracias por la invitación. Tengo que dejarte.

Se queda mudo. Sin duda, no está acostumbrado a las

149

negativas por parte de las mujeres, y mucho menos por mi parte. Sin embargo, yo me siento triunfal. Le he dado calabazas al capullo de mi ex y sin esfuerzo. Solo por eso, Pau y todo lo que lo rodea ya valen la pena. Ya vale todo este sinsentido y estas rayadas. Llamo a mi madre nada más colgar.

—Buenas noches, mami.

—*Bona nit* —me saluda en catalán.

—¿A qué viene tanto misterio?

—Ay, hija, tenemos que vernos.

—No, mami, dímelo ahora.

—Mejor en persona, mujer.

—¿Ocurre algo?

—Es que no quiero que te enfades conmigo...

—Ya sé que has echado las cartas, ¿te crees que no conozco a mi madre?

—Hija..., ¿tan transparente soy?

—Transparente y guapa. —Le hago la pelota—. Va, dime.

—No, cuando vengas te las echaré mejor. Pero creo que hay algo... que te puede ayudar a entender.

—¿De verdad vas a dejarme así?

—Pues sí, sí. No pienso decirte algo de lo que no estoy segura. Vente pronto y charlamos...

—Alfred me ha dado fiesta... Así que subiré esta semana. Quizá mañana o pasado, ¿vale?

—¡Oh, genial! Avísame y le diré a papá que prepare tu plato preferido.

—Mmm... Entonces, salgo rumbo para allá ahora mismo.

—¡Qué interesada es mi hija! —bromea mi madre.

—Síííí. Y yo qué madre más lista tengo, que ya no sabe qué inventarse para que vaya a verla —se la devuelvo.

Colgamos y una sensación de paz me invade. Necesito noche de chicas ya, y sí, Max y Pablo cuentan como chicas.

Mando un mensaje al grupo y en menos de un minuto todos nos animamos a una cena improvisada en mi casa.

Llego cansada pero con ganas de conversar con mis amigos. Descorcho una botella de vino tinto, me sirvo un poquito y pongo el gramófono. Suena delicioso y, aunque me tienta prepararme un baño y encender unas velas, me voy para la cocina contoneando las caderas a preparar algo de cena.

Improviso una ensalada con higos y unas tostaditas de pan con escalivada. No tengo mucho más, así que espero que les guste. Me cambio de ropa y me pongo unos *leggins* y una camiseta básica para estar cómoda. Me doy cuenta de que me siento animada, no sé si por el vino, si por lo que he vivido junto a Pau estos días o por el descubrimiento esotérico que ha hecho mi madre y pronto conoceré. Siempre me he negado a que me eche las cartas porque, francamente, siempre acierta y me asusta. Yo prefiero vivir el día a día sin saber qué pasará, pero en este caso, haré una excepción.

En menos de media hora suena el timbre y corro a la puerta. Pablo y Max, con un bizcocho suculento, me sonríen zarandeándolo enérgicamente.

—¡Dulce para el mal de amores! —bromea Pablo, como de costumbre.

—Buenas noches, preciosa. —Me planta un beso en la frente Max—. ¿Y esta música?

—Jazz, querido mío. ¿Eres capaz de apreciarlo?

—¡No estoy seguro!

—Ten. —Le tiendo mi copa de vino para que dé un buen trago—. En un rato podrás. Es música para mayores.

Le guiño un ojo a Max, les doy un abrazo a los dos a la vez y los hago pasar.

151

—Tienes buena cara —me busca Max.

—Bueno… Estoy bastante perdida. Imagino que os ha contado algo Marta.

—Pues no mucho porque la semana pasada y el finde apenas nos vimos. Nos lo ha contado por encima. Así que ya puedes empezar, guapa —contesta Pablo curioso.

Les cuento todo lo sucedido, el funcionamiento de la máquina, y ambos acaban con los ojos como platos.

—¿Y dices que tu madre ha visto algo?

—Mi madre no es vidente, Pablo. Pero sabe leer el tarot… Y parece que algo ha visto en las cartas.

—Yo también quiero que nos las eche —dice Max.

—Créeme, no quieres. Que te digan lo que ocurrirá lo condiciona todo —le advierto.

—A mí estas cosas también me asustan —contesta Pablo, no tan animado con el tema como Max.

—Bueno, dejémonos de brujerías por esta noche. Marta tiene que estar al llegar.

—¿Te ayudamos a cocinar?

—Gracias, Max, pero he preparado un poco de ensalada y tostaditas. Ya está listo.

En menos de media hora llega Marta y ponemos la mesa entre todos mientras cotilleamos sobre la vida en general.

—¿Sabíais que he tenido que despedir a mi entrenador personal? —nos cuenta Marta.

—No te creo —contesto.

—Pues créetelo. Intentó tirarme los trastos.

—Pero está muy bueno, ¿no?

—Pablo, querido, estar está buenísimo, y yo estoy prometida. Así que su estado físico no me interesa.

—Eres una sosa. Te vas a casar y perderás la oportunidad.

Max, como siempre, le lanza un codazo para que se calle. Y nosotras reímos sin remedio.

—Pero ¿fue incómodo o cómo fue? —pregunta Max robándome la pregunta de la punta de la lengua.

—Eso, cuenta, cuenta —la animo.

—La verdad es que desagradable no fue, no os voy a mentir. Estábamos haciendo un ejercicio conjunto de estiramientos, tropecé torpemente y él me cogió para evitar que me diera la boca contra el suelo.

—Uuuhhh —se pone interesante Pablo.

—Y sí, me quedé sospechosamente cerca de su cara y... me besó.

—¿Quééé? —gritamos los tres al unísono.

—Guapa, eso no es tirarte los trastos, eso es morrearte con tu entrenador.

—A ver, tía, que no fue así. Yo creo que él se confundió. Quizá creyó que había tropezado aposta para crear un acercamiento o vete tú a saber. El caso es que me separé lo más rápido que pude y él se disculpó enseguida.

—¿Te gustó? —pregunta Max sacando su faceta de escritor romántico.

—A ver, no...

—¿A ver, no? ¿Qué respuesta es esa, Marta?

—Violeta, ¡que no! Que no me gustó. O sea, si no hubiera tenido novio, pues sí, supongo, no sé. ¡Maldita sea!

—Uy, uy... ¿Estás segura de esto que dices? —le pregunto al verla sumamente molesta e incómoda.

—Sí, me sabe mal por Billy, por haber dado pie, aunque sea sin querer que esto ocurriera, y joder, que mi entrenador es guapo y tal. Es obvio que asco no me dio.

—Bueno, si lo tienes claro y se quedó en eso, no pasa nada. Fue un malentendido.

—Sí, un malentendido que le sentó a Miss Fitness de maravilla —bromea Pablo.

—Vete a la mierda, guapo —le dice Marta mientras le guiña un ojo.

153

—Siempre estáis igual —se mete Max.

—¿Y tú qué? ¿Cómo se siente una al tener sueños eróticos lúcidos? —Ahora Pablo me aborda a mí.

—Pues no sé si es efecto de los sueños o de la máquina, pero con Pau he tenido los mejores orgasmos de mi vida.

—Pues claro, son sueños. —Las palabras de Pablo me duelen y veo cómo Max le da un pisotón por debajo de la mesa. Pablo siempre tiene el don de meter la pata y sin darse cuenta.

—Tranqui, Max, puede tener razón. No tengo ni idea. Por eso necesito encontrarlo ya en la vida real. Pero no sé cómo, y lo más cercano a eso son las cartas de mi madre. Así que estoy acabada.

El vino empieza a surtir efecto y me entra la risa. Me siento boba y enamorada. Pero no enamorada de un modo real, sino como enamorada de una estrella de cine, inalcanzable, un amor infantil y platónico.

—Yo ya le he dicho que podemos ayudarla. No sé cómo, pero algo se nos tiene que ocurrir. Ha dado calabazas a Tomás por él y ni siquiera sabe dónde está.

—¿No? ¿En serio? Pero ¿volvéis a hablar? —Max se sorprende de estar desinformado sobre el tema.

—Bueno, me escribió para quedar. Primero le dije que sí y luego que no. No me apetece. Solo quiero encontrar a Pau.

—Guau. Pau realmente te ha calado. —Por fin Pablo responde a algo con seriedad.

—Sí… —Agacho la cabeza.

—Pero a ver. —Max me levanta la barbilla con su mano con cariño—. Esa tal Madeline que nos contabas dice que todas las personas con las que te encuentras en el sueño son personas a las que estás unida a través de redes sociales, ¿no? Indirectamente, vale, pero unida, ¿sí?

—Eso dice, pero no olvides que nuestros encuentros no son como los que se supone que la máquina programa. Es como si hubiera un error.

—Sí, eso lo entiendo… Pero tenemos que empezar por algún lado. Si no, ¿que explicación le das a vuestros encuentros?

—Hay algo, Max, algo que ocurre, algo que nos mantiene conectados el uno al otro. Como la canción que os he contado antes.

—¿Y si la ponemos ahora? —propone Marta.

—No funciona así… Ojalá. ¿Os creéis que no lo he probado? Es cuando duermo, no sé, da igual, hoy no quiero darle más vueltas. Tengo fe en que Pau haya podido pedir cita para el próximo lunes y que saquemos algo en claro. Será mi última conexión.

—Pero un momento —dice Pablo—. Si él te dijo que llevaba más sesiones y ya lleváis dos juntos, eso significa que él no está en España.

Entrecierro los ojos tratando de entenderlo. ¿Cómo no había caído? ¡Seré boba!

—¡Joder! ¡Claro! Brillante, Pablo. Él me dijo que llevaba varias ya y jamás ha mencionado nada de que sea un experimento. Se conecta a la máquina desde Estados Unidos.

Por un momento siento que he dado un pequeño paso hacia delante, aunque sea pequeño, y aunque haya dificultado las probabilidades de cruzármelo.

—Miss Fitness, porfi, mira en qué estados de Estados Unidos se comercializa esta máquina.

Marta coge el móvil y empieza a buscar. Abre los ojos de par en par antes de darnos la noticia.

—Tu príncipe azul puede estar en cinco estados.

—Buah… No lo encontraré en la vida. —Finjo estar abatida y apoyo la cabeza en la mesa.

—Nooo, es una buena noticia, al menos sabemos dónde

puede estar. Pau puede encontrarse en los estados de Nevada, Nueva York, Misuri, Kentucky o Illinois.

—Uf… A mí esos nombres solo me suenan a películas.

—Al menos, ya sabemos dónde buscar. Podría haber estado en cualquier lado del mundo.

—Él sabe que conozco Barcelona. No le he dicho que viva aquí, pero le he enseñado la ciudad. Para él será más fácil encontrarme, ¿no creéis?

—Sí, aparentemente sí, pero ¿y si al despertar olvida esos datos?

—No puede olvidar nuestros días juntos, a mí no se me ha olvidado nada.

—Oye, ¿y por qué no le preguntas a Madeline si hay alguna manera de contactar con él? Cuéntale tu historia y todo lo que ha pasado. Ablándale el corazón, es imposible que no te lo diga. Al menos sus apellidos, no hace falta que te dé su correo ni su teléfono. Tiene que tener una base de datos genérica. ¡Algo!

—La verdad es que no lo he hecho hasta ahora por miedo a que, al saber que está fallando, hagan algo y no volvamos a encontrarnos. Imaginaos que arreglan el fallo que está creando este puente entre nosotros.

—Es que no tiene sentido nada. —Pablo niega con la cabeza hecho un lío.

—Tiene que tener una explicación científica. La encontraremos. —Marta me acaricia el brazo—. Además, dices que Alfred conoce al creador. Habla con él.

—Yo también creo que deberías confiar en Madeline, tampoco tienes mucho más por dónde tirar. Cuéntaselo como una amiga, de mujer a mujer, que te dé al menos un par de días antes de pasar el fallo a sus superiores, yo qué sé. Explícale lo enamorados que estáis…

—Pues sí… Quizá debería hacerlo. Lo hablaré con Pau la próxima vez que me conecte. Y al acabar, como no podré volver a hacerlo, se lo contaré todo a Madeline. Total, si no tengo nada, nada puedo perder. Y por supuesto, a él no lo tengo así que...

—Yo creo que te ayudará, aunque sea de extranjis.

—Ojalá. También hablaré con Alfred a su vuelta, no había caído.

Nos quedamos en silencio un rato dándole vueltas, y de repente Pablo muestra una emoción repentina y de un salto se levanta.

—Esta cena está decayendo. Querida, tú encontrarás a Pau. Marta, te casarás con Billy. Max, tienes al novio más sexi de la historia —dice refiriéndose a sí mismo y sacando barriga para hacerle reír—. ¡Y a mí se me está subiendo el vino! Violeta, ¿dónde está el vinilo de las Spice Girls?

—¡No! ¿En serio ahora te apetecen las Spice Girls?

—¿Acaso no me apetecen en algún momento?

—No estarás pensando en una actuación, ¿no?

—Por supuesto, bellezas. Las tradiciones son tradiciones. Y hoy toca.

Sí, Pablo es el típico mariquita que se deshace con *playbacks* de grupos de pop femeninos o de estrellas como Britney, Madonna... y nos hace a todos los demás ser sus acompañantes. Lo hemos hecho miles de veces, pero nuestra actuación estrella es la de la canción «Wannabe» de las Spice Girls.

—En el segundo cajón tienes el vinilo.

Pablo da un bote y abre el mueble haciéndose con la joya de la corona. El vinilo de las Spice. Lo coloca en el tocadiscos y nos señala a los tres para que nos levantemos. Cuando las primeras notas empiezan a sonar, no podemos evitar ponernos en pie y meternos en la piel de nuestros personajes.

—Hoy me pido a Mel B —grita Pablo eufórico por ser la negrita del grupo.

Se pone la camiseta como un top con un nudo y su prominente barriga sale a la luz rebotando. Es la hostia.

—Yo hoy soy Emma. Las rubias tontas siempre me han gustado —suelta Max.

—Pues yo me pido a Victoria —dice Marta—. Y las rubias no tenemos nada de tontas.

—Oooh, qué original ella. —Se ríe Pablo.

—Así que por descarte, Geri o Mel C, ¿no?

—Sí, señora, ¿quieres ser la zorra pelirroja o la sexi bollera? —me suelta Pablo en broma

—Te pasas… Hoy seré Geri.

Y nos ponemos en el papel como si se tratara de una actuación oficial, y lo damos todo, y cuando digo todo es todo. *Playback,* bailes y saltos al ritmo de la letra. Creo que nadie puede no bailar cuando suena esta canción.

Pablo empieza a grito pelado:

I'll tell you what I want, what I really, really want.
So tell me what you want, what you really, really want.

A lo que yo, como Geri, le contesto:

I'll tell you what I want, what I really, really want.
So tell me what you want, what you really, really want.

Y acto seguido, y como es costumbre, todos nos quitamos los zapatos y subimos al sofá de un salto, y mientras meneamos el culo, gritamos y saltamos juntos dejándonos la voz.

I wanna, (ha) I wanna, (ha) I wanna, (ha) I wanna, (ha)
I wanna really, really, really wanna zigazig ah.

Y al ritmo del famoso e inolvidable tema, acabamos la canción imitando de memoria el memorable videoclip de nuestras divas de la infancia. Y yo acabo dándome cuenta de que tengo a los mejores amigos del mundo. Terminamos por los suelos y por el sofá tirados. Entre la euforia, el vino y el calor, estamos KO. Pablo, que es el menos atlético, por no llamarle gordo, es el que menos se cansa y sigue cantando las Spice tema tras tema, hasta que en la sexta canción le tiro mis zapatos para que pare ya, o los vecinos me desahuciarán de mi propio piso. La risa, la música, el buen vino y mis amigos son los que me dan la vida.

Y así, entre recuerdos, confesiones y muchas carcajadas, acaba la noche de hoy.

13

*M*e despierto con una leve resaca, jodida pero agradecida. Anoche lo pasé en grande y realmente lo necesitaba. Abro todas las ventanas para airear el piso y me preparo un termo bien caliente de café solo. Hago una maleta con ropa y un par de botas y mando un mensaje a mamá para avisarla de que en tres o cuatro horitas estaré allí.

Miro el termo y le añado una pizca de canela. Recuerdo con ternura el exquisito gusto de Pau con el café y la música, y todo lo que siento es paz porque sé que el próximo lunes volveremos a estar juntos. Me niego a pensar que algo puede salir mal. Me concentro solo en lo positivo y así estoy segura de que todo lo que atraeré serán cosas buenas. Esta es una de las cosas que me enseñó mi madre desde pequeñita y que le agradezco de corazón.

Tengo que pasar por la galería primero para recoger la agenda de Alfred y desviar las llamadas de la oficina a mi móvil, después ya podré tirar hacia el Pirineo y descubrir el enigma que ha descifrado mi madre. Tengo ganas de verla, y también al peludito Zumba y a papá.

Tras tres horas en la carretera sorbiendo café y escuchando a Buddy Guy, llego a la masía de mis padres. El coche no está, así que habrán salido a comprar y estarán al llegar. Me asomo por el ventanal para ver si está mamá dentro, pero nada. Zumba corre hacia mí desde el pequeño porche del otro lado de la casa y, como de costumbre, se me sube encima casi tirándome al suelo y dándome lametazos por toda la cara.

—¿Quién es el perro más guapo y amado de todo el planeta? —le digo mientras le doy besos en el hocico y le rasco el lomo con fuerza.

Zumba menea la cola con energía y me siento a su lado a esperar a mis padres. Cansado por la excitación de mi bienvenida, el animal se tumba a mi lado y yo saco el móvil del bolso para echar una ojeada a mis mensajes. Me acuerdo de Yago y me pregunto cómo estará. No le doy muchas vueltas y marco su número. Sí, soy de las que memoriza los números de las personas. Tras dos intentos fallidos, me decido por el WhatsApp.

«Hola, Yago, ¿cómo estás?»

Al momento se pone en línea y, aunque parece que va a desconectarse enseguida, veo que pone «Escribiendo» en la parte de arriba del WhatsApp y noto cómo un sentimiento de alivio me recorre el cuerpo. Lo echo de menos, las cosas como son. Que no fuera el hombre de mis sueños no significa que no sea un buen amigo y alguien con quien lo paso genial.

Yago: «Hola. Pues bien, tenía ganas de escribirte
y saber cómo estás tú, pero no sabía si iba a molestarte
o si preferías no saber más de mí».

Violeta: «Pero ¿qué dices? Todo lo contrario. Se me hace
rarísimo no saber de ti. Me alegro de que estés bien.
Yo estoy en el pueblo visitando a mis padres.
Alfred me ha dado vacaciones».

Yago: «Ostras, qué suerte. Siempre me has hablado
genial de ese lugar».

Violeta: «Sí, es un lugar único. Algún día te lo enseño».

Yago: «He estado dándole vueltas… A lo nuestro,
y no quiero que perdamos la amistad».

Violeta: «No sabes lo feliz que me haces…».

Yago: «Podemos intentarlo. Ya veo que finalmente
mi otra propuesta no ha surtido efecto…».

Violeta: «Yago…».

Yago: «Te dejo, que vienen a cargar un *catering* en media hora
y voy con retraso. Escríbeme si lo necesitas, no te preocupes
por mí. Estoy bien».

163

Violeta: «Vale, que salga genial, como siempre. Lo haré.
Haz tú lo mismo y llama si necesitas charlar o reírte de alguien o con alguien».

Yago: «Abrazo fuerte, Violeta».

Violeta: «Muaaa».

Veo el todoterreno viejo de papá asomar por la colina
de delante de casa. Me recuerdo de pequeña contemplando
esta imagen cada vez que esperaba a papá para jugar en el
porche. Al acabar el cole, llegábamos a casa mamá y yo y
tomábamos un zumo hasta que llegaba él, que me ayudaba
siempre a hacer los deberes, y luego, si los hacía bien, ju-

gábamos a piratas y furtivos. Junto a Zumba, que siempre era mi guardián de la suerte. Qué tiempos aquellos. Anhelo repetir esos momentos, crear mi propia familia...

—Pequeña, buenos días —saluda mamá mientras baja del coche y me muestra una caja que me parece de lo más familiar.

—¡No lo puedo creer! ¿Has ido a Manuela's Bakery?

Sin duda, mamá es la mujer más detallista de la faz de la Tierra. Ha ido a por mi desayuno favorito al pueblo y el bonachón de papá la ha acompañado. Seguro que para picotear algún dulce que tanto le gustan y tan poco le deja comer mamá.

—Ya sabes, sé cómo sobornarte —bromea y me da un achuchón.

Abrazo a mamá, le planto un beso a papá y nos sentamos en el porche.

—Está siendo un verano fresco.

—Papá, cada año dices lo mismo.

—Sí, tienes razón.

—Vente a Barcelona, y ya verás cómo allí no es tan fresco.

Nos reímos y le damos un bocado al bizcocho de zanahoria que han comprado en el pueblo.

—Mmm, delicioso. Esa mujer hace virguerías —se asombra papá mientras mamá pone los ojos en blanco, pues la cocina no es su fuerte.

—¿Cómo estás?

—Hecha un lío, mamá, pero no sé por qué motivo tengo una gran sensación de paz. Una parte de mí me dice que es tan real que no debo temer.

—Es que lo es. Todo lo que tú proyectes al universo se hace realidad. Basta con que desees algo con mucha fuerza para que ocurra. Te lo aseguro.

—Lo sé.

—Sabías que la ley de la atracción está más que demostrada científicamente, ¿verdad?

—Sé que es real, pero no sabía que se pudiera demostrar.

—Por supuesto —anuncia entusiasmada—. Todo pensamiento proyecta unas ondas eléctricas de atracción o repulsión al universo, y los demás cuerpos pueden sentirlas. Sintiéndose atraídos o, por lo contrario, rechazados.

—Le ha dado por los libros de física desde que nos contaste lo de la máquina —explica papá.

—¡Alucino! ¿En serio, mamá?

—¡Qué exagerado! Siempre me han interesado las energías, el mundo esotérico y demás, ya lo sabes. Pero que haya estudios que demuestran que lo que yo creo es real, me hace sentir orgullosa.

—Di que sí, a eso le llamo yo una mente inquieta —le da la razón papá con cariño.

165

—Y cuéntanos, ¿os habéis vuelto a encontrar?

—Sí, el lunes volví al centro a una nueva sesión. Y volví a encontrarlo. Pasamos dos días juntos y fue genial.

—¿O sea que en total habéis estado tres días juntos?

—Sí… Que en la vida real solo son horas, de tiempo real, vaya.

—Vaya invento, la tecnología… —se asombra mamá.

—Pero, mamá, te juro que es como si lo conociera de toda la vida…

—De eso quería hablarte…

—¡Cuéntamelo ya, va!

—Voy a por las cartas.

—Yo, señoritas, voy a trabajar un rato en el taller.

Mamá va a por su preciada baraja y papá desaparece como siempre que se menciona el tarot u otros temas de espiritualidad. No porque le dé mal rollo ni mucho menos, sino porque lleva toda una vida escuchando una vez tras otra las adivinanzas y descubrimientos de mamá. Mamá y sus amigas, mamá y sus compañeras de trabajo, mamá y la vecina, incluso mamá y la familia de papá. Todo el mundo le pide a mamá que le eche las cartas. Desde pequeña veo a mamá haciéndolo en esta misma mesa, y la verdad es que no sé por qué nunca le he pedido que me enseñe. El hecho es que ella nunca me lo ha propuesto tampoco.

—¿No me vas a contar qué has visto? —le pregunto cuando la veo llegar con un té y las cartas.

—Voy a mostrártelo mejor.

—Vamos allá, brujita —le digo para picarla un poco pues sé que le molesta.

—No te burles, o te quedarás con las ganas.

—Vaaa.

—Vale, descruza las piernas, no bloquees la energía y piensa en Pau. Piensa en él. Concéntrate y, cuando quieras, dime ya y dejaré de mezclar.

—Mmm…, ya.

—Bien.

Mamá deja de barajar y me pide que haga dos montones y elija uno.

—¿Preparada?

—¿Creas tantas expectativas con todo el mundo?

—No, solo con las hijas malas que se burlan de su madre.

—Jajaja, qué graciosa.

Se concentra y empieza a colocar las cartas en una especie de pirámide; pone cinco en la parte inferior, cuatro encima, tres más, dos y finalmente una arriba del todo.

—¿Lo ves?

—¿Qué tengo que ver?

—Siempre sale la misma carta.

—¿Qué significa?

—Relaciona la vida con el tiempo.

—¿Y?

—Pues al principio me quedé como tú, pensé que se refería a una cuestión de tiempo, pero no. Mira esta carta, simboliza el pasado.

—Ajá…

—El pasado, la vida y el tiempo… Las vidas pasadas, Violeta

—¿Quieres decir que…?

—Sí, eso quiero decir… Cuando dices que al verlo lo reconociste, que sentiste esa atracción tan grande, es porque ya conoces a esa persona. Bueno, no a la persona en sí, pero sí a su alma. A su energía, dilo como quieras, que sé que tú eres muy empírica.

—A ver, mamá…, ¿me estás diciendo que Pau y yo nos conocemos de otra vida?

—No solo eso —dice mientras recoge la tirada y vuelve a mezclar las cartas—. Vuelve a pensar en él, pero esta vez necesito que pienses no en su cara o su cuerpo, sino en las sensaciones que sientes al estar con él.

—Vale… —le digo conmocionada y curiosa.

Esta vez dispone las cartas en forma de X, la tirada de las vidas pasadas; esta me la conozco.

—Jopé, mamá… ¡Qué mal rollo!

—Es la primera vez que lo hacemos juntas, no seas boba. ¡Estoy emocionada!

Le sonrío y miro atentamente las cartas.

—Bien, esta tirada no podía hacerla sin ti, pues solo tú sabes lo que sientes. Vamos allá.

Mamá observa la disposición de las cartas y abre los ojos como platos.

—¿Lo ves?

—¿Qué ocurre? ¡No me asustes!

—¿Cuánto crees en las vidas pasadas, hija?

167

—Pues a ver, me gusta el tema, pero nunca he creído al cien por cien.

—Cuando lo viste por primera vez, ¿sentiste que te quedabas clavada en el sitio, paralizada, y algo te decía que reconocías a ese chico?

—Sí, mezclado con un miedo que te cagas.

—¡Hija!, habla bien.

—Lo siento, pero fue así.

—¿Sentiste una conexión, una fuerza desconocida que te hacía querer estar a su lado?

—La verdad es que fue exactamente así. Me han gustado muchos chicos, pero nunca he tenido en el primer instante esa necesidad de que no se vaya, ¿sabes? No sé, fue distinto.

—¿Como la sensación cuando te separas de alguien a quien quieres y luego, con el tiempo, os echáis tanto de menos que decidís volverlo a intentar, y cuando quedáis por primera vez, al reencontraros, es una emoción tan fuerte, tan química que sientes que esta vez sí, que es la decisión correcta?

—Exactamente esa sensación.

—Sí... Sé lo que es. Y sí, son almas flamas.

—¿Almas flamas? ¿Qué dices, mamá?

—La gente cree que las almas gemelas son las que se reencuentran vida tras vida y que siempre es perfecto porque buscan lo mismo, pero no es así. Las almas gemelas son personas muy afines a nosotros que aparecen en nuestro plano existencial para ayudarnos, mostrarnos el camino o hacernos un poquito más felices. Pero nunca se aprende mucho ni se crece como persona junto a un alma gemela, pues ambos estáis en la misma onda. Además, no siempre son personas de vidas pasadas, no hay un nexo obligatoriamente. Sin embargo, tu alma flama es aquella con la que a través del tiempo te encuentras porque tenéis algo pendiente, algo que aprender, nunca es alguien idéntico a ti, más bien alguien que te complementa.

—¿Como tú y papá?

—Sí...

—Tú y papá sois perfectos.

—Qué va. Todo lo contrario. Tu padre no es la pareja perfecta, pero es la pareja correcta para mí, y eso sí que vale la pena.

—¿Crees que Pau y yo somos almas flamas?

—Si no, ¿cómo explicas que os encontréis en estados inconscientes, como los sueños? ¿Cómo explicas que os une una canción si nunca la habéis escuchado antes juntos? ¿No crees que quizá sí la hayáis escuchado juntos hace muchos años...?

—Me estoy liando...

—Mira. —Señala las cartas—. Pau aparece reflejado como tu alma compañera a través de los tiempos. Si os habéis reencontrado una vez más, es porque hay algo que tenéis aún pendiente. Algo que tenéis que solventar o algo que tenéis que acabar. Estas almas representan uno de los lazos de amor más fuertes que podamos encontrar. El alma flama es un alma que se ha conocido hace eones y que aún tiene un karma compartido que hay que limpiar.

—¿Algo malo, mamá?

—No, no necesariamente. Para que lo entiendas, a veces una pareja no puede tener hijos y se reencuentran de nuevo en otros cuerpos para poder llevar a cabo aquello que tanto anhelaron en una vida anterior. Es con estas almas con las que aprendemos del amor en toda su magnitud. Su fuerza y atracción van más allá de la relación sexual y la pasión erótica. Cuando encuentras a tu alma flama, se experimenta desde el primer instante una atracción extraordinaria, una pasión fuera de lo común y un amor desmedido y sin lógica alguna. Lo que se experimenta al

169

producirse el encuentro puede manifestarse con emociones, como sentir una energía frenética, que el corazón deje de latir, una sensación que se transmite por toda la piel, y otras manifestaciones emocionales y físicas que manifiestan la intensidad de nuestro deseo interior de estar con esa persona para siempre.

—¿Y cómo puedo descubrir qué nos une?

—Bueno…, encontrando a Pau.

—¿Dónde está él ahora?

—Solo vosotros podéis encontraros. Estáis conectados. Lo estaréis siempre, has de creértelo. Has de conectarte con él de manera consciente, no solo a través de sueños inconscientes. Necesitas llevar ese punto de unión a un estado mental más consciente para saber hacia dónde ir.

—No tengo ni idea de cómo hacer eso.

—Nadie sabe cómo. Pero empezar por desearlo y creer que ocurrirá es un buen comienzo.

—¿Me ayudas?

—Claro. Esto es real, Violeta, has de creer en ello. Si no crees, no funcionará, y si no ocurre, no pasa nada, está bien también, tú eliges. Existe el libre albedrío, pero también existe la opción de crear tu propia realidad.

—Uf… Mira, no te voy a mentir, antes de toda esta locura me hubiera reído de estas cosas. Ahora, después de sentir lo que siento, te juro que creo con todo mi corazón.

—Bien. Empecemos pues. Todos estamos conectados, hija, al igual que los animales de una especie se entienden sin hablar, los humanos también; aunque nos hemos desconectado de estos instintos naturales, ahí están. Pau y tú ahora mismo estáis conectados, aunque no os veáis o no podáis hablar.

—Ajá —le pido que siga.

—Háblale.

—¿Qué?

—No ahora, pero hazlo. A solas, no tienes ni que hacerlo en voz alta, tú pruébalo, o escríbele, es igual de efectivo. Cuando estés a solas y tranquila, dirígete a él. Hazlo como si él te escuchara. La energía que emites es tan poderosa como la que se emite al estar delante de esa persona. De alguna manera, él captará esa conexión y, quizá de manera inconsciente, se sentirá atraído a algo que lo llevará a ti.

—Pero ¿esto es serio, mamá?

—Mira, hija, voy a contarte algo que no te he contado nunca. Antes de conocer a tu padre me sentía muy sola, pero mucho, y supliqué a Dios que me enviara a un hombre bueno. En esa época era joven, creía en Dios y esas cosas, aunque ahora ya sabes lo que creo al respecto, pero, al fin y al cabo, estaba lanzando un deseo al universo. Y recuerdo que repetí varias veces: «Estés donde estés aparece, estoy preparada». A la semana siguiente conocí a tu padre, ¿y sabes qué me dijo? Que hacía unos días había tenido la corazonada de que conocería pronto a la madre de sus hijos. No fue una corazonada. Fui yo. Mandé ese mensaje con toda mi fe y todo mi amor al universo, y el universo se encargó de hacérselo llegar a esa otra persona que vibraba en la misma frecuencia que yo, que necesitaba lo mismo que yo. Las energías son ondas de frecuencia que se ordenan por intensidad. Tu padre anhelaba lo mismo que yo, lo que significa que vibraba en la misma frecuencia, por eso sintió eso, y por eso al final las cosas se ordenaron de ese modo que nos hizo coincidir. ¿Casualidad? No, no lo creo. La vida siempre nos da lo que deseamos. Si vibras miedo, si vibras que te falta dinero, que vas mal económicamente, el universo te dará más y más problemas económicos.

—¿De verdad le rezaste a Dios? —me burlo, pues sé que ahora cree en todo menos en un dios religioso.

—¿Por qué crees que mucha gente enferma o con problemas le reza a Dios y se le cumple lo que pide? Es la

171

fe. El creer que eso que deseas se puede cumplir. Los que creen en Dios lo tienen fácil, creen que se trata de que él se lo concede, pero son ellos mismos quienes lo atraen. Sea como sea, te aseguro que funciona.

—Lo probaré. ¿Y la canción?

—Eso me temo que tendréis que averiguarlo juntos. Seguramente es un punto de unión relacionado con una vida pasada. Quizá la escuchasteis juntos, y ahora ambos tenéis un recuerdo inconsciente de algo que no recordáis...

—Imposible, esta canción es muy nueva.

—Pues no lo sé, hija... Pero tiene que ser algo así. La música, la melodía... Quizá está compuesta sobre la melodía de un tema más antiguo. De eso tu padre sabe más que yo.

—¿Quién quiere comer un poco? —Papá aparece con unos sándwiches perfectamente preparados, como si lo hubiéramos atraído por arte de magia.

—¡Yo sin duda! —digo al verlos.

—Lleváis dos horas aquí dale que te pego y me moría de hambre. Espero que os gusten. Son *focaccias* con pesto, tomate y rúcula.

—¡Deliciosas! —le agradece mamá mientras coge una.

—¿Habéis arreglado ya el mundo?

—Lo intentamos, papá, lo intentamos.

Papá se une a nosotras y dejamos la conversación para más tarde. Algo en mi interior está desbocado, agitado, acelerado, como cuando descubres algo nuevo y quieres saber más y más. Si lo que dice mi madre es real, tiene que haber algo que se nos escapa. ¿Por qué ahora? ¿Por qué a través de los sueños? ¿Por qué esa canción? «Pau, tenemos que encontrarnos», digo hacia mis adentros para empezar a practicar la ley de la atracción.

14

*T*ras seis días en el Pirineo, es hora de volver a casa. Estos días de desconexión me han ido de fábula para relajarme, sobre todo del trabajo. Un soplo de aire fresco, y nunca mejor dicho, le va bien a cualquiera. He podido hacer todas esas cosas que siempre digo que haré y nunca hago. Pasear por la naturaleza con mamá y sus amigos; bañarme en el río como cuando era pequeña, jugando con Zumba; ayudar a papá con los muebles; pintar, que lo tenía tan abandonado, en mi antiguo caballete de la abuela en el porche con vistas al Pirineo; mirar y remirar álbumes familiares; coger flores silvestres y prepararlas para secar con mamá; cocinar y aprender nuevas recetas; ver películas cada noche juntos como en los viejos tiempos; desconectar del teléfono, principalmente porque no tenemos cobertura, ni 3G ni wifi en casa. En fin, unos días de verdadera conexión con los míos y la montaña que me han sentado de maravilla.

Ya al volante, trato de pensar todas las maneras posibles de descubrir más sobre lo que ocurre con Pau, y al final todas acaban en un solo nombre: «Madeline». Sin duda, mañana, aprovechando que es la última sesión de la fase experimental, debo contárselo todo a ella, y ojalá tenga respuestas. Siendo neurocientífica, solo pueden pasar dos cosas: una, que crea que estoy mal de la cabeza; o dos, que tenga una explicación científica para esto. Solo espero que sea la última opción.

Llego a casa rendida del viaje en coche y, aunque tengo mil cosas por hacer, acabo por darme una ducha rápida y meterme en la cama. Mañana tengo sesión y quiero estar bien descansada. Me acuesto sin cenar y, sin darme cuenta, ya es el día siguiente.

Hoy hace un día lluvioso y gris, de esos tan tristes en que solo te apetece quedarte en el sofá viendo películas o en la cama abrazada a tu chico. Hoy es el último día, un montón de sensaciones se me acumulan en la boca del estómago. Una de ellas, ganas tremendas de llorar, por miedo a no encontrarlo, a que no se haya podido conectar, a que no lo encuentre más en los sueños, a que por lo que sea esto no sea real. Llego al centro de Christian Hill en diez minutos con la moto y, cuando entro, Madeline está hablando con la recepcionista.

174

—Buenos días, Violeta. Tu última sesión, ¿estás emocionada? Has llegado hasta el final.

—Sí… —alcanzo a decir.

Aún no me he decidido a sincerarme con ella. Pero desde luego lo haré después de la conexión.

—Vamos, pues, todo está listo.

Sigo a Madeline hasta la puerta de la habitación.

—Hoy al acabar te haré un pequeño test y preguntas sobre la experiencia, ¿de acuerdo?

—Vale…

—¿Te encuentras bien? —me pregunta para mi sorpresa—. Te noto algo tensa…

—Sí, sí, gracias, estoy nerviosa porque es la última vez.

—Es normal, les ocurre a todos.

—Sí, supongo…

Me tumbo en la camilla por última vez y sin poder evitarlo se me derrama una lágrima.

—Violeta, querida, ¿necesitas hablar?

—Perdona, Madeline, tengo las emociones a flor de piel.

Se acerca y se sienta a mi lado, apoya su mano en mi brazo en señal de preocupación y afecto, y me sonríe.

—¿Echarás de menos algo de tu vida idílica?

—Demasiado… —Ahora sí, las lágrimas brotan sin poder sostenerlas y el miedo se apodera de mí. ¿Y si todo acaba hoy? ¿Y si ya ha acabado?

—¿Quieres hablar?

Su sonrisa y predisposición me hacen sentir segura y, aunque una parte de mí no quiere, empiezo a hablar sin filtros:

—Prométeme que, si te cuento esto, no harás nada al respeto, al menos no ahora.

—No entiendo…

—Ha pasado algo que creo que no debería haber pasado…

—¿Te ha ocurrido algo durante las conexiones?

—No, no, o sea, yo estoy bien, pero creo que hay algo que no ha salido como debería.

—Cuéntame, por favor.

Saca la libreta del bolsillo y, antes de que la abra, apoyo mi mano con calma encima y le suplico:

—No anotes nada… Por favor, por ahora que quede entre tú y yo.

—Entendido…

—La primera vez que me conecté conocí a alguien que también estaba conectado a la máquina a la vez que yo.

A Madeline le cambia la cara y yo sigo:

—Sé perfectamente que no funciona así, que las personas con las que tengo mi vida idílica en el sueño son solo representaciones de personas reales, pero no son ellas en realidad. Pero con este chico fue así. Al verlo, fue diferente que con las demás personas que estaban en el sueño.

175

Hablamos y me dijo que estaba en el sueño, yo le dije que también y él me contó que eso no era posible. Pero fue así. Y la segunda vez que me conecté volvimos a encontrarnos y pasamos esos dos días juntos. Sé que no forma parte del guion de mi sueño porque la primera vez que me conecté estaba saliendo con Tomás, que, si lo compruebas, seguro que esa es la persona que se supone que es mi pareja; compruébalo.

Madeline no acaba de creerme.

—A ver si logro entenderlo. ¿Me estás diciendo que un chico que también estaba conectado a la máquina a la vez que tú se ha metido en tu sueño lúcido?

—Sí, exacto.

—Pero eso no puede ser…

—Lo sé, sé cómo funciona… Ha habido alguna interferencia o no lo sé, pero soñé con él, y a diferencia de las demás personas, sé que él es real. Tú misma me lo dijiste.

—Déjame que compruebe una cosita.

Madeline se acerca a la máquina y teclea en el ordenador.

—Ajá, aquí tengo tu guion. Tomás es tu pareja, tienes una galería de arte, vivís en un lujoso piso de Barcelona y tienes una relación de amistad excepcional con tres personas más.

—¡Exacto! Ni rastro de Pau.

—¿Pau? Déjame comprobar. Esto que estoy haciendo no lo hago con nadie… Pero bueno, vamos a ello.

Tras un minuto que se me hace eterno niega con la cabeza.

—Nada, en tu guion no hay ningún personaje llamado Pau y me temo que tampoco hay ningún Pau conectándose a la máquina desde aquí.

—Sí, eso ya lo sé, él no está en la versión experimental, así que tiene que estar en Estados Unidos. El problema es que cuando intentamos decirnos dónde vivimos para encontrarnos, somos incapaces, como cuando quieres decir algo y lo tienes en la punta de la lengua y no te sale. Así de frustrante.

—Sí, eso es real... Un efecto secundario del fármaco es ese. Se inhibe la parte de los recuerdos para que la experiencia sea lo más lúcida e intensa posible sin rebuscar en el pasado o en la vida real. Así nos aseguramos de que estéis cien por cien en el sueño. Aunque esto que me cuentas es muy extraño. Cuando digo mucho, es mucho, querida. Podría haber una explicación, aunque me parece tan disparatada...

—¿Cuál? Dímelo, por favor, porque si no vuelvo a verlo nunca más, me da algo. Ha sido tan intenso, tan mágico. No sé si ha sido la máquina, si he sido yo o si ha sido real... Pero si hay una millonésima posibilidad de encontrarlo...

—Yo no puedo ayudarte con eso, no tengo acceso al programa global por una cuestión de protección de datos. Solamente al nuestro, y ya te digo que no hay registrado ningún Pau.

—Mi madre cree que estamos conectados de algún modo porque nos hemos encontrado en vidas pasadas y por eso nos encontramos ahora.

—Esa explicación, aunque parece muy bonita, no tiene base suficiente como para justificar tal interferencia en vuestros sueños. No soy una fiel creyente de la reencarnación, pero creo que, si así es, tiene más sentido que os encontréis en la vida real que no en el sueño lúcido.

Al oír su razonamiento, una parte de mí se derrumba y vuelvo a perder la esperanza. Me lo nota en la cara y su mirada se vuelve tierna.

—Cielo, no te preocupes. Vamos a investigar qué ha podido ocurrir.

—Ahora tengo que conectarme. Quedé con él en que

nos encontraríamos hoy a la misma hora; él también debería estar conectándose, esté donde esté.

—Violeta, esto que me estás contando no tiene mucho sentido…

Temía que esto pudiera pasar, así que tomo aire y le pido que lo olvide y hagamos la conexión.

—Está bien… Igualmente voy a darle vueltas mientras estés conectada.

—De acuerdo —le contesto, pero ya nada me importa.

—Túmbate y relájate.

Mientras me conecta los electrodos, le pido si puede hacerme un último favor.

—¿Podrías poner una canción, por favor?

—Claro, dime.

Tengo que intentarlo todo por si es la última vez. Madeline se muestra amable y comprensiva. Veo en su rostro un gesto de empatía que me da esperanza. Me gustaría seguir hablando con ella e investigar juntas, pero no tengo tiempo. Noto cómo se me van cerrando los ojos y me dejo llevar.

Estoy en el despacho de mi lujosa casa sentada frente al ordenador y nada me importa ahora mismo excepto encontrar a Pau. No tengo tiempo que perder, pero un hambre voraz me hace rugir el estómago.

—Buenos días, mi amor.

Tomás me rodea por sorpresa por detrás y su lengua recorre mi cuello, y a pesar de todo lo vivido, la piel se me eriza sin poder remediarlo. Me separo sutilmente. No quiero.

—Tengo que ir a trabajar —miento.

—Hoy es tu día de fiesta, princesa.

—¿Sabes qué, guapo?

—Uy… ¿Te pones dura?

—Sí, me voy a poner dura. Has sido siempre un novio de pena, y créeme, ahora que sé lo que es el amor, lo tuyo no me sirve ni de aperitivo.

Y así, segura de mí misma o cobarde, llamémoslo como queráis, porque esto no es real, en la vida real no me hubiera ni atrevido a hablarle en este tono, me quedo más ancha que larga. Relajada. Su cara es un poema...

—¿Estás con la regla?

—No, Tomás, no, no estoy con la regla. Me voy y no voy a volver. *Ciao!*

Me olvido hasta del hambre que tengo. Le planto un beso en los labios y salgo por la puerta sabiendo que será la última vez. Tomás se queda petrificado, sin reaccionar. Por un momento siento un ejército de colibríes en el estómago. Me he atrevido; aunque sea aquí, lo he hecho. Se acabó Tomás, y se acabó para siempre. Encuentre a Pau o no.

Me dirijo hacia su local, como acordamos, y antes de llegar me paro en una pastelería que me llama a gritos con sus suculentos bizcochos y dulces. ¿También se engorda en la vida real si me paso con las calorías y los carbohidratos aquí? Me importa un carajo. Entro y pido dos porciones de bizcocho de zanahoria para llevar.

—¿Quiere doble *topping* de crema de coco?

—Sí, por favor.

La amable dependienta añade una generosa cantidad de crema de coco por encima y lo espolvorea con un poco de cacao puro. Si sabe igual que huele, será como besar el cielo. De acuerdo, lo reconozco, los dulces son mi perdición. En eso soy como Pablo, y por eso siempre nos reunimos en su trabajo. «¿Quién no daría su vida por un buen pastel?» Me río de mí misma con tal afirmación. Estoy acabada como siga comiendo así. Gracias al yoga y a Marta, que siempre me pone a raya, y por supuesto a mi genética, que por más que la saboteo me mantengo casi siempre en mi peso.

179

Llego al local de Pau y oigo nuestra canción. Entro y veo a Pau sentado en el sofá con la cabeza apoyada hacia atrás, con los ojos cerrados. La paz, la alegría y la emoción que me invaden son inexplicables. Volvemos a encontrarnos. No se percata de mi presencia, así que aprovecho para darle una sorpresa, dejo los pasteles en el suelo y corro hacia él emocionada. Se da cuenta cuando estoy muy cerquita y la expresión relajada de su cara se transforma al instante. Sus ojos grisáceos empiezan a brillar tanto que el verde que asoma en ellos toma todo el protagonismo. Salto encima de él antes de que tenga tiempo de levantarse y nos fundimos en un abrazo largo, fuerte y lleno de emociones.

—Desapareciste —le suelto al oído sin dejar de abrazarlo.

—Por fin… No sabes lo larga que se me ha hecho la semana…

—Sí, lo sé.

Nos fundimos en un largo beso muy húmedo y apasionado. Aún sentada encima de él, siento cómo sus manos se cuelan por debajo de mi falda, y en menos de lo esperado me agarra del culo y me enciende rapidísimo. Mi cuerpo se mueve buscando el roce con su miembro, que ya lo siento duro debajo de mí.

—No te imaginas la de noches que te he pensado. No logré recordar dónde habíamos dicho que nos veíamos. Fue muy frustrante.

—Yo tampoco lo recordaba. La máquina no permite que alteremos nuestras realidades. Es desesperante.

—Mucho. Pero estás aquí ahora.

—Sí… Al menos, hemos logrado esto. ¿Y dices que has pensado mucho en mí? —bromeo mientras le lamo con delicadeza la comisura de los labios cambiando completamente de tema.

—Mala…

Pau pone los ojos en blanco al sentir el roce de mi lengua en su boca y sus dedos se cuelan en mis bragas. Estoy húmeda, muy húmeda, y puede entrar dentro de mí sin esfuerzo. Mientras me acaricia el clítoris con una mano, me penetra con la otra, y yo no puedo evitar ponerme a temblar. Incrementa la velocidad y me obliga a sentarme a su lado para tener más movilidad y darme más placer.

—Desnúdate para mí… —me pide mientras sigue masajeando mis partes íntimas.

Lo hago sin dejar de mirarlo, y me quedo con el sujetador blanco de encaje y la falda que él mismo me quita con una mano. Acerca su lengua a mi estómago y recorre mi tronco de arriba abajo con dulzura para acabar con fugaces besos en mi ingle. Sigue moviendo los dedos con frenesí, y yo solo puedo pensar en sentir su lengua en mi clítoris. Cierro los ojos y gimo. Pau se excita aún más. Me tiene casi completamente desnuda, él sigue vestido y eso me pone, me hace sentirme suya. Me excita, y mientras sigue haciéndome sufrir lamiendo los bordes de mi vagina, se lo suplico:

—No puedo más, Pau, hazme tuya, por favor.

Y como si en vez de una súplica fuera una orden, Pau hunde su lengua en mi clítoris, saca los dedos de mi interior y se dedica exclusivamente a darme placer con su boca. Creedme que no exagero si digo que jamás jamás nadie me había lamido así. Siento cómo me tiemblan los muslos por la estimulación; estoy caliente, mucho. Lo agarro del pelo para que siga y Pau incrementa la velocidad. Dios mío, voy a correrme si sigue así, y casi no me da tiempo de acabar de pensarlo cuando ya siento el clímax estallando entre mis piernas y subiendo por mis costillas hasta dejarme sin aliento. Jadeo y Pau sigue y sigue hasta que pierdo el control y siento que me desmayo. El mayor orgasmo de mi vida y es en un maldito sueño. ¡Joder! Pau me sonríe aún mirándome desde mi entrepierna y tiro de él para que suba. Lo beso y su sabor es amargo. Sabe a mí, pero me gusta.

Le desabrocho los pantalones, y sin pedírselo me penetra mientras suelta un bramido de placer. Nos fundimos una vez más y hacemos el amor presos de la pasión. En medio del acto me ayuda a levantarme y me guía de la mano hacia el escenario. Se desnuda del todo, pues aún iba con los pantalones bajados, y me pide que me tumbe en el suelo. Hay una gran alfombra marroquí con unos cojines preciosos. Y ahí en el suelo hacemos el amor como animales, desbocados e indomables. Esta vez soy yo la que está arriba y marca el ritmo. Acabamos a la vez entre gemidos y sudor. Pau no me suelta, me abraza con fuerza y me susurra al oído:

—Esta vez no pienso irme. Como si me quedo toda la vida en la puta máquina enchufado y no vuelvo jamás. Pero no pienso irme. No quiero perderte otra vez.

Sus palabras me emocionan y veo cómo una lágrima corre por su mejilla. Me incorporo un poco para apoyarme encima de él.

—Pau... Mi amor, ¿estás bien?

—No podría estar mejor.

—Es todo lo que importa.

—Sí...

Nos quedamos un buen rato tumbados en la gran alfombra del escenario. Pau coge algo que está en el suelo, en una pequeña cajita, y alcanzo a ver que es una armónica. Se pone a tocarla y la melodía es totalmente fascinante. Este hombre lo hace todo bien. ¡Maldita sea! Me prometo que esta vez no me centraré en el miedo a que acabe nuestra conexión y me centraré más en disfrutar de lo nuestro.

—Son las fiestas de La Mercè este fin de semana.

—¿Qué es eso?

—Las fiestas de Barcelona. Hay conciertos y un montón de actividades.

—Eso no me lo pierdo ni loco. —Se ríe y me muerde el cuello juguetón—. Vamos a comer algo.

—Yo he traído algo… ¿Te gustan los dulces?

—Me gustas tú —me suelta hábil y me planta otro beso, esta vez en la nariz.

Nos vestimos y decidimos tomarnos los pasteles mientras damos un paseo por el parque de la Ciutadella, que está repleto de antigüedades. Parece haber un mercado de segunda mano. Me encanta y lo disfruto como una niña pequeña, como si todo fuera real. Pau me coge tan fuerte que siento que no puedo desaparecer ni aunque me lo proponga. Me río de cómo me sujeta contra su cuerpo y me doy cuenta de que llevo la sonrisa impresa en la cara desde que hemos salido del local.

—¿Te han dicho alguna vez que eres la mujer más increíble sobre la faz de la Tierra?

—¡Oh, sí! Y también la más sexi, ¿no crees?

—¡Sí, sí, y la más mala!

Me pellizca un pecho para provocarme en plena calle y sale corriendo para que no se la devuelva. Lo persigo, como si fuéramos dos niños pequeños, y casi choco con una familia que estaba comprando unas antigüedades.

—¡No vale! Corres mucho.

—Vamos, pequeña ardilla, tú puedes.

—¿Pequeña ardilla? ¡Como te pille, te mato!

—A ver si es verdad.

Pau ríe sin parar y yo, por más que lo intento, no lo alcanzo. Pero no es tan malo como parece, para en seco y cuando llego a él me agarra tan fuerte que no puedo respirar. Da una vuelta sobre sí mismo conmigo en brazos y nos volvemos a fundir en uno de nuestros besos. Nada, nada puede romper esto.

—Mi madre me ha echado las cartas.

—Ostras, es verdad, ¡me lo comentaste!

—Pues sí… Sé que parece raro, pero se le da bien y siempre acierta…

—¿Y?

—Pues, verás, está convencida de que nos conocemos de otras vidas.

—Eso lo sé yo sin echar las cartas.

—¡Vaya! ¿Y cuándo pensabas decírmelo?

—No es precisamente mi intención que me veas como un loco. La gente no cree en esas cosas.

—Yo no soy gente.

—¿Ah, no? ¿Y qué eres?

—¡Soy una bruja! —Hago una mueca fea y lo agarro como si fuera a comérmelo.

Pau no intenta huir y le hago cosquillas como puedo.

Se ríe a carcajadas y acabamos tumbados en el césped del bonito parque, al lado del estanque con las barquitas.

—Fuera bromas… ¿De verdad crees que nos conocemos de otra vida?

—Sí. No tengo dudas.

—Guau…

—Violeta… Igual que hemos logrado quedar en el sueño, tenemos que lograrlo en la vida real.

—Le he dado mil vueltas. ¿No logras recordar dónde trabajas? ¿Dónde vives?

—¡Es que lo tengo en la punta de la lengua, joder! —gruñe molesto.

—Sí, sé cómo se siente…

—No tengo intención de perder el tiempo pensando y frustrándome. Quiero vivirte.

Sonrío y agacho la cabeza…

—Hey, hey. —Me levanta la cara con suavidad—. ¿Qué ocurre?

—Que es la última vez.

—¿Cómo? ¿No tienes dinero para más sesiones?

—Pau, no puedo, la máquina está en fase experimental y esta es mi última conexión. No hay opción de hacer más hasta que se comercialice en mi país.

—Nos encontraremos. Te lo prometo.

Su afirmación me hace recobrar la alegría, la esperanza, la vida…

Mi cabeza resolutiva y funcional no para de dar vueltas a cómo encontrarnos, pero ante tal impotencia siempre acabamos por dejarlo pasar y disfrutar del momento. Y aunque hoy tengo más miedo que nunca, no pienso separarme de él esta vez.

—Tomemos algo.

—Vamos al invernadero, parece que lo han reconvertido en un bonito café restaurante.

—Vamos. —Pau sigue abrazándome por el cuello.

El antiguo invernadero abandonado de la Ciutadella vuelve a brillar con todo su esplendor con las grandes palmeras rozando los cristales del techo, alguna que otra pequeña ave que ha entrado a posarse en las hojas de las grandes plantas, el olor a selva en plena ciudad y las lucecitas que cuelgan. Un marco acogedor para una velada como la de hoy. Pedimos blues y dos tés. Nos apetece algo suave a ambos después de la bomba de calorías del bizcocho de zanahoria. Y tras una hora charlando sobre las casualidades y el destino, nos dirigimos hacia la playa donde hacen los conciertos de las fiestas de La Mercè.

La tarde es cálida y decidimos coger una bicicleta para pasear por el paseo marítimo. Pau pedalea y yo me siento en el manillar, y como dos adolescentes recorremos la costa barcelonesa entre risas y chistes. Pau es el hombre más divertido y con más sentido del humor que he conocido jamás. Me hace reír todo el rato y con él cada minuto es

185

un mundo por descubrir. Me redescubro en cada conversación, en cada sonrisa, consigue que sea más yo que nunca, y estoy segura de que, si mis amigos estuvieran aquí y pudieran verme, se sorprenderían. La gente no suele vivir así. Por un momento me veo a mí misma desde fuera, sentada en el manillar de la bici mientras él hace el tonto moviéndolo de lado a lado para asustarme como si fuéramos a caernos. Chillo y le pido que no lo haga, que pare, y él se ríe cada vez más, y de repente para la bici en una playa casi desierta. No hay apenas gente, un par de pescadores y una familia a lo lejos. Me mira, me guiña un ojo y empieza a desnudarse.

—No.

—Oh, sí, ardillita… —responde con picardía, y corre hacia el agua sin importarle el resto del mundo.

No puedo creer que vaya a hacerlo sin mí, y como si hubiera leído mis pensamientos, se para en seco justo cuando sus pies tocan el agua y gira completamente sobre sí mismo, me mira con esa mirada que me atravesó en el pub la primera noche y camina hacia mí. Desnudo, con todo su cuerpo exhalando testosterona, sus hombros bien definidos, su torso, su pene… No puedo pensar, solo quiero hacerle el amor. Se planta frente a mí y tira de mi mano para que lo siga.

Salimos los dos corriendo. Me voy quitando la ropa mientras corro hacia la orilla, chillamos de emoción y lanzo mis braguitas a un lado justo antes de tocar el agua. Está helada y chillo. Pau me coge en brazos como a una princesa y corre, hasta que no puede más, y caemos en una zona donde el agua ya nos cubre hasta el pecho. Abrazada a su cintura, le lleno de besos la cara, el cuello, la boca. Vuelvo a contemplar la escena desde fuera y todo lo que siento es gozo. Una ilusión tan profunda que me dan ganas de llorar. Esto es lo que había anhelado toda mi vida, es la parte de mí que permanecía dormida, oculta. La que me hace volver a portarme como una niña, cometer locuras, perder el juicio. Cuando veo a esta pareja que formamos desde fuera, siento tanta envidia que quiero ser ellos. Como cada vez que veo a dos adolescentes morreándose en un banco en medio de la calle en pleno invierno. Tan ajenos al frío, al dolor, al miedo. Tan conectados a la vida, al amor, al sexo, a todo lo de verdad. Y ahora mismo soy una de esas chicas.

Salimos del agua y volvemos a la bicicleta. Pau pedalea esta vez conmigo sentada en el asiento y él delante de mí, de pie, hasta el escenario en la playa, donde ya han empezado los conciertos. Un grupo catalán canta una de sus baladas, y Pau y yo corremos para ponernos casi en primera fila a pesar de la gente. Se ha hecho de noche, huele a cerveza, fritos y brisa marina nocturna. Huele a fiesta mayor en toda regla. Las niñas chillan a sus cantantes favoritos y nosotros nos hacemos sitio entre la multitud. Conozco esta canción. La conozco. Es «La porta del cel», de Els Catarres. Pau me gira y nos quedamos cara con cara abrazados entre las niñas y sus voces histéricas cantando la canción con todas sus fuerzas; la mayoría de ellas levantan sus móviles con la luz de la linterna encendida, y al contemplar la estampa me siento rodeada de estrellas. Como si estuviera en el mismísimo cielo, segura de estar donde debo estar.

Pau me mira a los ojos, me atraviesa y se pone a cantar la canción como si en el mundo no existiera nada más.

La porta del cel, on neixen les estrelles
i els somnis valents forjats de mil tempestes...

Canta en catalán y me eriza la piel; me recuerda a mi infancia, a mis años de fiestas mayores de pueblo en pue-

187

blo; me recuerda al hogar, a papá y a mamá, a mis amores de verano, a la arena y la sal de la Costa Brava, al frescor de los Pirineos. A mis primeras borracheras juveniles. ¿Cómo puede ser?

Uno mi voz a la suya, y mientras cantamos abrazados me siguen viniendo *flashes*, *flashes* que ni siquiera sé cómo ordenar. Sus manos, el olor a salitre, la constelación de pecas de su pecho, el verde de sus ojos, tan verde como el musgo en invierno, me sabe a blues, a vino tinto una noche a solas en casa, a baño caliente en verano, a gloria, a orgasmo, a pura vida, a todo. Me sabe a vidas pasadas, a futuras, y a almas que se reencuentran.

Pasamos el resto del concierto disfrutando de la música abrazados. Me sé todas sus canciones y las canto a grito pelado. Cuando parece que el concierto llega a su fin, el cantante del grupo pide un segundo de silencio a todo el público. Me giro y veo cómo toda la playa enmudece obedeciendo a su ídolo. Debe haber miles de personas. Incontables, una playa oscura por la noche, repleta de gente incluso en el agua disfrutando del concierto. Y cuando vuelvo a mirar al escenario, Pau no está. No puede ser. Un huracán me invade el estómago. Miedo voraz. Vacío. No puede ser. No puede ser tan rápido. Vuelvo a girarme, miro para todas partes, y de repente su voz estalla por todos los altavoces del concierto. ¿Qué demonios está pasando?

Miro el escenario, que no queda muy lejos de donde estoy, y veo a Pau saludando al cantante.

«Te voy a matar», pienso una vez que se me pasa el susto.

Coge el micro mientras se coloca bien la guitarra y se atreve a pronunciar mi nombre delante de toda la multitud.

—Violeta, eres la mujer más increíble, bella, divertida, inteligente, sexi y alucinante del planeta, y quiero pasar todas mis vidas a tu lado. Esto va para ti. Te quiero.

Me quedo helada, me quiere… Lo ha dicho por primera

vez. No doy crédito a mis oídos, y cuando suenan en su guitarra los primeros acordes de la canción, la reconozco al instante. Es «Sign of the Times», de Harry Styles. Una canción que sin duda habla de nosotros. Habla del tiempo, de las vidas.

El público estalla en silbidos animando al romántico desconocido que va a tocar, y todos, cuando digo todos, es todos, levantan sus móviles y encienden la luz de la linterna convirtiendo la playa nocturna de Barcelona en un cielo estrellado. Su voz y el modo en que se desenvuelve en el escenario me emocionan hasta el punto de estallar en lágrimas. Pau me señala y me pide que suba. Niego muerta de vergüenza, pero él insiste mientras canta, y algo dentro de mí me dice que tengo que hacerlo. Que estas cosas solo pasan una vez en la vida, y una fuerza desconocida me empuja a caminar entre la multitud y me planta ante el escenario, donde los de seguridad me ayudan a subir por la escalera trasera.

189

Pau canta dirigiéndose a mí. Me pongo tan colorada que siento que todo el mundo se va a dar cuenta de que estoy a punto de morir de vergüenza. Me canta mirándome a los ojos directamente con esa mirada tan fiera, tan llena de vida, de vidas. Pau es esa clase de hombres con un atractivo particular que gusta a todas las mujeres porque no es una belleza común ni una cara perfecta, es un aura, es lo que exhala. El modo en que habla a la gente, he visto poco de eso, pero su manera de saludar, de dar las gracias con ese encanto... El modo en que le sonríe a la gente. Se nota que está seguro de sí mismo, ese tipo de seguridad que todos envidian, que todos querríamos tener, es el hombre adorable que piropea a las abuelitas, que es tierno con los niños y los animales. Es la clase de hombre por la que podrías sentir celos, pero no lo haces porque sabes que no hace nada con maldad.

Sigue cantándome mientras me sonríe entre estrofa y

estrofa. La canción va llegando a su fin, se le nota emocionado. Al acabar, devuelve la guitarra al cantante y me levanta en brazos para besarme. El público rompe en un estallido ensordecedor animándonos a seguir besándonos. Pau me baja de sus brazos y me señala al público para que me fije en lo que hay ante mis ojos, y por primera vez miro la playa desde el escenario y la imagen que ven mis ojos es totalmente increíble y abrumadora. Hay tanta gente que no se ve el final. Me sonríe, me da un pequeño mordisco en la mejilla y cierro los ojos. Tomo aire y por un segundo me obligo a abrirlos para que Pau no desaparezca de nuevo.

El cantante se acerca a nosotros y nos dedica su última canción. «Invencibles». Una canción que nos hace sentir cien por cien identificados. Aún a su lado, mientras nos canta la canción a nosotros, puedo ver cómo a Pau le brillan los ojos y noto que le cuesta pronunciar una palabra.

190

—Gracias —logro decirle sin voz, en un susurro.

—Cásate conmigo.

Leo sus labios mientras oigo la canción y abro los ojos como platos.

—¿Qué? —es todo lo que logro decir.

Me tapo la boca al ver que me lo está pidiendo de verdad, incluso el cantante, atento y concentrado en la canción, se percata de lo que acaba de ocurrir y sonríe sin quitarnos ojo.

—Sí, sí quiero.

Sin miedos ni frenos me atrevo a decirle lo primero que me pasa por la cabeza. No tengo ni idea de lo que significa decir esto, pero sí, sí, sí quiero. Claro que quiero, y lo haría ahora mismo. Pau me agarra con fuerza y una vez más estalla un alarido en el público. El cantante acaba su canción y me parece el final de concierto más apoteósico que he visto en mi vida.

Tras el subidón del momento, nos alejamos de la multitud y paseamos por la playa.

—¿Y si fuera la última vez? —Me atrevo a romper el silencio.

—Si fuera la última vez, toda mi existencia habría valido la pena solo por haber pasado estos tres días a tu lado.

—Quiero enseñarte algo.

—¿Más emociones?

—Esta vez es algo muy diferente.

Volvemos al paseo marítimo y paro un taxi; le pido que nos lleve directos a la dirección que le indico y apoyo mi cabeza en su hombro. Ambos estamos en silencio, pero no esos silencios incómodos en los que no sabes qué decir, sino uno de esos silencios que solo puedes compartir con alguien con quien sobran las palabras.

El taxi para delante de la fachada principal de mi galería. Bueno, de la galería de mis sueños, y Pau mira alrededor tratando de entender dónde lo he traído.

—Esta es mi galería.

Señalo la preciosa y enorme cristalera principal, y Pau, que se dedica a la arquitectura, hace un gesto de asombro.

—¡Guau! Tienes buen gusto.

—La verdad es que es tal cual la imaginé.

—¿Tienes alguna obra tuya?

—Alguna...

—Enséñamela.

Entramos en la galería como si fuera la primera vez para los dos, pues yo tampoco estoy muy acostumbrada a ella. Ojalá lo estuviera. Le muestro la exposición que preparé junto a los ingleses en mi primera conexión a la máquina.

—Este artista es sublime —admite valorando el arte de verdad—. Quiero ver a la mejor...

Reconozco que me da algo de vergüenza mostrar mis cuadros, pero sé que él no va a juzgarme. Entramos en la gran habitación que hay al fondo a la derecha del local, mi estudio. La tengo repleta de cuadros míos. Grandes lienzos

191

de metro y medio por metro y medio, algunos llevan mi
firma, aunque no recuerdo haberlos pintado, y otros los
pinté la otra vez que me conecté. A Pau le encantan.

—Yo quiero uno para mi casa.

—Coge el que más te guste.

—No, para mi casa de verdad.

—Ups… La verdad es que no pinto en la vida real…

—¿No tienes la habilidad?

—Sí, sí la tengo. —Me da risa su pregunta—. Lo que no
tengo es tiempo…

—Pues es una pena, tienes que hacerlo.

—Sí, lo haré.

—Quiero que, cuando vuelvas, pintes lo que sientes, lo
que hemos vivido, y quiero que me lo regales. Así tendre-
mos que encontrarnos sí o sí.

—Yo pienso encontrarte aunque no vuelva a dibujar en
la vida.

—¡Esta es mi niña!

Nos sentamos y pedimos la cena a domicilio. Japonés
es nuestra elección, y acabamos sentados en la alfombra
turca de mi estudio comiendo arroz con palillos y bebiendo
cerveza.

—Pon la canción —me pide con picardía, y sin que tenga que decirme más, pongo nuestra canción y vuelvo a su
lado.

Me tumba en el suelo y me quita las braguitas, que es lo
único que me queda puesto, pues mientras esperábamos la
cena nos hemos ido desnudando y hemos acabado cenando
casi desnudos.

—No te muevas —le pido.

Agarro un pincel y lo unto en pintura negra acrílica. Pau
me mira intrigado y, cuando empiezo a recorrer su cuerpo
con él, se muerde el labio inferior. Creo una obra de arte
sobre su piel, desde el empeine de su pie hasta el cuello, pa-

sando por sus rodillas, sus muslos, su ingle, su vientre, sus costillas, su pecho, para acabar en sus clavículas. Se le eriza la piel y su excitación se mezcla con las cosquillas. Repito el recorrido dos veces más. No puedo estar más excitada. Cierra los ojos y jadea con ganas de más. Me río, malévola. Me gusta hacerle sufrir y repito una vez más el mismo camino, pero esta vez con la yema de los dedos. Sin pintura.

—No me aguanto, Violeta.

—Chsss.

Lo hago callar con un fugaz beso en los labios y abro las piernas con delicadeza sentándome encima de él. Bajo hasta su pene y con la punta de la lengua recorro su glande. Me dan ganas de besarlo, lamerlo, sentirlo dentro, y empiezo una danza sensual y lenta con su miembro duro en mi boca; mi lengua danza con él, absorbiéndolo, succionándolo. Es grande y viril, y me caliento cada vez más mientras le doy placer. Sin parar, quiero que llegue al orgasmo.

—Voy a correrme si sigues así.

—Hazlo en mi boca —le suplico presa de la excitación al sentirlo tan duro entre mis labios.

Pone los ojos en blanco y se deja llevar por la montaña rusa de placer que descarrila en su estómago. Espasmos, temblores y la respiración entrecortada. Pau se estremece de placer y me llena la boca con su sabor.

—Bésame —me pide.

—¿No te molesta? —le pregunto por si le incomoda sentir su sabor.

—Bésame —me repite.

Y lo beso, apasionadamente, con mi lengua lamiendo la suya; sabe amargo, sabe a él y me excita. Se gira para ponerme debajo de él y me devuelve el favor. Tenemos tanta confianza en tan poco tiempo que todo me sale natural y orgánico. Pau me agarra del pelo con suavidad y me pone cachonda como pocas veces.

—Más fuerte —le pido presa de la excitación. Y me dejo ir en su boca.

Aún caliente, como si no hubiéramos llegado ya ambos al orgasmo, me sienta encima de él de nuevo y me mueve sin parar. Hacemos el amor durante tres horas, una vez tras otra, abrazados, entre gemidos, sudor y muchos te quieros.

Hoy ha sido un día genial y no queremos quedarnos dormidos. Pero el cansancio no se apiada de nosotros y acabamos durmiéndonos en el suelo, agotados y abrazados tan fuerte que duele.

15

*E*l sonido estridente del timbre me despierta de golpe y me giro bruscamente en busca de Pau. Uf, aquí está. Menos mal. Le doy un beso en los labios, aún duerme, y me visto para ir a ver quién es. Mensajería, genial. Le doy las gracias como si mi vida me fuera en ello. Pues, gracias a que me ha despertado tan temprano, sé que sigo con Pau. Dejo el paquete sin ningún interés sobre el mostrador de bienvenida de mi galería y vuelvo junto a Pau, que se está vistiendo.

—¿Desayunamos, fierecilla?

—A ti te voy a desayunar —le digo, y me tiro encima de él y le empiezo a dar besos sin sentido por toda la cara.

Se ríe y me muerde el labio.

—No seas mala… —me susurra, y me toca el culo con pasión.

—Vamos, va —le digo dejándole con las ganas.

Salimos de la galería de la mano y Pau me propone pasar por su casa y darnos una ducha. Me parece genial y nos dirigimos hacia allí.

—He estado dándole vueltas toda la noche.

—¿No has dormido?

—Me habré quedado dormido a las seis de la mañana. Me aterraba que desaparecieras…

—No. Estoy aquí. No voy a irme —le digo totalmente ilusa.

—Ojalá.

—¿A qué has estado dando vueltas?

—Tu madre, las cartas... Ella puede ayudarnos. Estoy seguro.

—¿Tú crees?

—Sí, la canción, que nos encontremos siempre... Tiene que tener un sentido que escapa a nuestra razón. Es nuestra única esperanza.

—También puedo ir a la policía, pedir un retrato robot tuyo y buscarte por todo el mundo. —Me río sola de mi absurda idea.

—Pues no se me había ocurrido. Denunciaré la desaparición de la mujer de mis sueños. ¿Crees que me tomarán en serio? —Ahora es a él a quien le da la risa con su idea.

Entramos juntos en la ducha, y de nuevo ese fuego que no podemos ni queremos apagar. Desde luego, la química es algo de lo que no podemos huir. Se nos lleva, nos domina y nos hace acabar siempre jadeando uno encima del otro. Jamás había sentido esta tensión sexual. Pau me hace el amor en su ducha por detrás. Apoyo mis manos en la mampara mientras me embiste una y otra vez, y me hace gemir tan fuerte que no me reconozco. Llegamos a la vez al orgasmo y nos abrazamos, aún yo de espaldas a él mientras el agua caliente nos empapa hasta el alma. Brutal. Nos quedamos sin palabras.

Salimos de la ducha con la piel enrojecida por la temperatura del agua y decidimos coger un coche y pasar el día lejos. Durante el viaje hacia el norte nos contamos mil batallas y no paramos de reír juntos, cantar canciones de la radio que nos gustan a los dos y hacer el tonto. Como dos niños.

—Haré lo de mi madre.

—Intentemos quedar otra vez. Tiene que haber un modo de que nos acordemos.

—Vale, quedamos en el mismo restaurante que la otra vez, el de Montjuïc, ¿próximo domingo, de nuevo a las dos?

—Esta vez funcionará.

—Ojalá.

Sonrío algo aturdida. La máquina me está confundiendo, no he querido decirle nada, pero desde anoche en su piso siento mareos y pérdidas de la noción del tiempo. Dura poco y vuelvo a sentirme bien. Es extraño. Leí en las contraindicaciones de los fármacos que nos suministran que puede ser que nuestro cuerpo al final luche contra la droga, pero no quiero decírselo, no quiero asustarlo.

—¿En qué piensas? —me pregunta curioso Pau.

—En nada…

—Tienes mala cara.

—Me he mareado un poco. —Es decirlo y sentir un vértigo enorme—. Para, por favor —le pido, y en cuanto lo hace, bajo del coche de un salto y empiezo a vomitar.

—Hey, cariño, Violeta. ¿Estás bien?

Pau se acerca a mí corriendo por el arcén, me coge la cabeza y me ayuda a mantener el equilibrio.

—No sé qué me está pasando. Lo veo todo borroso a mi alrededor.

—Espera, voy a sacarte de aquí, vamos a un hospital.

—No, no.

—Sí, Violeta. Vamos a un hospital. Una de las cosas que tiene la máquina es que jamás puedes enfermar ni encontrarte mal en un sueño. Así que esto es muy extraño.

—No, no quiero…

Apenas puedo pensar, se me nubla la mirada y por un segundo pierdo a Pau de vista. Me asusto.

—Vale, llévame —le suplico.

Pau también se asusta y me coge en brazos para ayudarme a entrar en el coche.

Conduce a toda velocidad hasta el pueblo más cercano y yo dejo de existir. Lo oigo pero no veo nada. Me va a estallar la cabeza. Siento cómo frena en seco.

—Mierda, no hay hospitales.

—¿Qué? —consigo pronunciar con mucho esfuerzo.

—Que no hay malditos hospitales, acabo de recordarlo. En el contrato ponía que si te sientes mal, has de volver de inmediato. Violeta, debes volver. ¡Ya!

Consigo recuperar el sentido por un segundo.

—No pienso hacerlo.

—Violeta, esto no es un juego, es peligroso, puedes estar sufriendo algún ataque o algo en la vida real.

—Me da igual… —le digo y le abrazo totalmente fuera de mí.

—¡Violeta! ¡No pienso perderte por una tontería! ¡Nos vemos el domingo! ¡El domingo, recuérdalo, y despierta!

Oigo por primera vez a Pau gritarme y me asusto. La cabeza me da vueltas, veo borroso y tengo una sensación de desmayo.

—¡Vete ya! ¡No te lo perdonaré en la vida!

Está realmente enfadado, asustado, y no sabe qué hacer. Alcanzo a enfocar un poco la mirada y veo cómo las lágrimas brotan de sus ojos mientras me zarandea y tomo la decisión de morir aquí mismo si hace falta, pero no pienso irme. No pienso hacerlo. No voy a perderlo.

De repente, Pau me agarra por los brazos y me sacude tan fuerte que siento que va a romperme el cuello. Empiezo a llorar, pues no puedo hacer nada, no logro vocalizar, solo noto cómo mis ojos empiezan a ponerse en blanco.

—¡Violeta! Maldita sea, no te lo perdonaré en la vida.

Y acto seguido, luz, destellos, gritos y unas placas de descarga directas a mi pecho. Descarga directa al corazón.

—¡La perdemos, la perdemos!

La voz de Madeline asustada, de fondo, me hace volver en mí y recupero la respiración. Puedo abrir los ojos y la sensación de estarme ahogando se apodera de todo mi cuerpo. Abro los ojos hasta que casi se me salen de las órbitas y trato de respirar con mucha dificultad.

—Gracias a Dios, Violeta. ¿Estás bien? ¿Violeta?

Pierdo el sentido de nuevo. Oscuridad. Fin.

Al cabo de lo que parece una eternidad, voy recobrando la respiración. Alcanzo a abrir los ojos y ver a tres personas, Madeline y dos doctores a los que no había visto antes. Ella se echa las manos a la cabeza balbuceando: «Gracias a Dios, gracias a Dios».

—¿Qué ocurre? —logro preguntar con mucho esfuerzo.

Madeline me coge de la mano y me acaricia.

—¿Qué ha pasado, Violeta? ¿Qué hacías? ¿Por qué no volvías?

—Porque no puedo vivir sin Pau.

Y toda yo me convierto en un mar de lágrimas. Me voy sintiendo mejor poco a poco, y Madeline anota algo en el ordenador.

—Descansa, necesitas dormir.

—No, no quiero dormir. Tengo que volver. ¡TENGO QUE VOLVER! —grito como una posesa.

—Estás sufriendo un ataque de ansiedad y has estado a punto de morir, Violeta. Se acabó. Se acabó para ti. Descansa, hablaremos sobre el tema más tarde.

—¡No! ¡Nooo! —grito y siento cómo me pinchan algo contra mi voluntad, y sin darme cuenta desaparezco.

Negro. Fin otra vez.

16

Despierto y la primera imagen que veo es a Marta sujetándome la mano con cara aterrada.

—Violeta, menos mal... —Me besa la mejilla asustada
y con lágrimas en los ojos.

—¿Qué ha pasado? —No recuerdo nada.

—Descansa, cariño, ha sido un día duro.

—Estoy bien...

Me incorporo aún un poco borracha.

—No deberías moverte tanto, cielo.

—¡Marta! Maldita sea, ¿qué ha pasado?

—¿No recuerdas nada?

—¿Dónde está Pau?

—Tienes que parar de hacer esto. ¡Parar ya!

—¡No!

—¿Quieres que vuelvan a sedarte?

—¿Sedarme?

—Sí, sedarte. Han tenido que inyectarte un calmante
porque te has puesto agresiva. Has estado al borde de la
muerte, Violeta. ¡Esto no es un maldito juego! Pienso de-
mandarlos; esta máquina es peligrosa. ¡Se acabó!

—¡No! Si lo haces, no volveré a ver a Pau.

—¡Pau no existe, joder!

—¡¿Por qué dices eso?! —Miro a mi amiga con odio
por primera vez y me doy cuenta de que estoy fuera de
mí, totalmente alterada y conmocionada. Y rompo a llorar,

pero esta vez desde la calma, y con las lágrimas se me disuelve el odio y la rabia que siento dentro.

—Lo digo porque soy tu amiga, porque te quiero y porque me has dado un susto de muerte. Cuando me han llamado contando que te había dado un paro cardiaco, casi me da uno a mí.

—No sé qué ha pasado.

—Por lo que me han dicho, te has negado a volver cuando tenías que volver del sueño, y al quedarte, tu cuerpo ha empezado a fallar. Esto tiene que acabar.

—No puedo vivir sin él.

—¡Oh! ¡Claro que puedes! —La noto enfadada.

—No. Prefiero morirme.

—Violeta, te comportas como una niñata. Esto es enfermizo.

Estallo a llorar más fuerte y me siento sola, incomprendida, y pido a gritos en mi interior que aparezca Pau y me salve, que me abrace, que calme esta ansiedad. Siento las lágrimas caer a raudales, y Marta rompe a llorar y me abraza.

—Lo siento, lo siento, no pretendía hacerte daño. No sé quién es Pau ni qué significa para ti, pero este no es el camino. Así no. Si quieres, lo buscamos, pero no más así.

Asiento asustada de verdad y correspondo al abrazo de mi mejor amiga. La puerta se abre y Madeline entra en la habitación.

—Buenos días, querida —me dice dulce. Va vestida con ropa de calle.

—Hola… —respondo avergonzada.

—Es mi día de fiesta, pero quería venir a ver cómo estabas…

—Bien, algo aturdida, pero bien. Necesito hablar.

—Lo sé, por eso he venido. Pero es demasiado pronto, ¿no prefieres descansar?

—No, necesito entender...

—¿Estás preparada para ello?

—Me asustas...

—No, perdona. Es solo que no es fácil de entender.

—Ve al grano —le suplico.

Marta se sienta a mi lado en la cama sujetándome la mano y Madeline nos sonríe.

—Después de lo que sucedió ayer, investigué sobre lo que me contaste, cómo es posible que haya pasado, y relacionándolo también con el ataque que tuviste ayer, todo tiene sentido. La máquina está diseñada para implantar una realidad virtual en vuestros cerebros, como una película, pero no debemos olvidar que para conseguir eso debemos sobreestimular las ondas gamma de tu cerebro, a través de los electrodos.

—Ajá... —Eso ya lo sé.

—Lo que no podemos controlar es que, al estimular esas ondas, también podemos activar otros mecanismos de la mente que en situaciones normales yacen dormidos. Como por ejemplo, la capacidad que tenemos de comunicarnos entre nosotros.

—No te entiendo...

—Los animales, para que lo entiendas, son capaces de comunicarse a través de la telepatía, bueno, así la llamamos nosotros; en realidad es otro tipo de conexión sin necesidad de palabras. Se conectan entre ellos y actúan como grupo, manadas enteras se relacionan y comunican a distancia. Es aún un misterio para muchos científicos. El caso es que al estimular esas ondas gamma, pueden aflorar en ti sentidos que normalmente están dormidos. Como conectar a distancia con otras personas.

—Pero ¿cómo puedo comunicarme con alguien a quien no conozco?

—Eso es lo que no me cuadra... Tienes que haberlo co-

203

nocido en la vida real para que esto ocurra. Es un principio básico de la física cuántica. El entrelazamiento cuántico.

—¿Me estás diciendo que si Pau y yo nos hemos encontrado es porque estamos enlazados cuánticamente?

Trato de entender algo, pero no lo consigo, y Marta no parece creer lo que oye.

—Sí, se ha demostrado en numerosos estudios que dos partículas que han estado en contacto, aunque lo hagan solo una vez en la vida, después pueden separarse tanto como quieran. Podemos poner cada una en una punta opuesta del planeta, pero siguen conectadas. Entrelazadas cuánticamente. Y un estímulo puede hacerlas reaccionar a las dos a la vez aun no estando juntas. Como os pasa a Pau y a ti con la canción. Aunque no estáis juntos, si uno escucha la canción, el estímulo os afecta a los dos. Por eso reaccionáis de algún modo a la canción. La canción es vuestro estímulo. Tienes que averiguar por qué esa canción. Qué hay entre tú, él y la canción.

—¿Cómo es posible?

—Porque lo que ha estado unido, conectado, ya nunca puede dejar de estarlo nunca más. Por eso pueden reaccionar ambos a un estímulo aun sin estar en contacto.

—La canción…

—Sí, cuando me dijiste lo de la canción, todo cobró sentido. Cuando esa canción suena, aunque sea en tu casa, él desde la otra parte del mundo puede sentirlo y por ello os encontráis u os soñáis.

—Entonces, él es real.

—Sí, cariño, me temo que sí.

—Pero sé con toda certeza que no lo he visto antes en mi vida…

—Quizá no en esta…

—Un momento —interrumpo, y miro a Marta—. Mi madre me dijo que Pau y yo nos conocíamos de otras vidas.

—A eso me refiero… No importa que no os hayáis encontrado con este cuerpo. Somos partículas, átomos que vagamos infinitos por el espacio formando materia. Antes de este cuerpo —dice señalándome—, tú ya existías, la energía que hay en ti lleva millones de años en el universo.

—Entonces…, estamos conectados y por eso podemos sentirnos. ¿Y por qué ha ocurrido en los sueños?

—Porque ambos estabais el mismo día sometiéndoos a la máquina y probablemente la sobreestimulación del cerebro os ha hecho conectaros.

—Estoy algo abrumada.

—Descansa, cielo, solo venía a ver cómo estabas.

—¿Cómo puedo encontrarlo?

—Lo harás… Pero la respuesta solo la tienes tú. Tú tienes esa capacidad, estáis unidos. Háblale. Él te recibe, aunque sea de modo inconsciente.

—Mi madre dijo exactamente lo mismo.

—Esto es de locos —salta Marta, y niega con la cabeza.

—La ciencia es ciencia y esto es innegable —afirma Madeline—. Violeta, se te ha denegado el uso de la máquina, así que no creo que nos veamos más por allí. Muchas gracias por tu participación, hemos hecho un gran descubrimiento juntas. Necesito que lo sepas. Ahora necesito trabajar en ello y desarrollarlo.

—¿Por qué enfermé?

—Porque cuando la máquina nota una anomalía, cancela el programa y te hace volver. Aún no nos explicamos cómo lo cancelaste. Es decir, la máquina intentaba despertarte y tú te resististe. El fármaco te empezó a sentar mal y entraste en parada cardiorrespiratoria. No lográbamos que despertaras.

—Era yo, noté que me mareaba, que me iba, y me negué. Luché con todas mis fuerzas para no irme.

—Sí, lo sé. Lo hemos visto en los registros de actividad neu-

205

ronal. Tu cerebro se dio un buen viaje. Por suerte, todo quedó en un susto. Pero no nos puede volver a ocurrir. Lograste decidir por encima de la máquina, los fármacos y el programa. La mente es poderosa, y nuestro cuerpo es un arma de doble filo. Se va a cancelar el experimento por un tiempo. Hay que revisar muchos parámetros. Por el bien de la salud pública.

—¿Volveremos a vernos?

—Ten mi tarjeta, me gustaría entrevistarte y saber más sobre tu historia. Pero tiene que ser de manera extraoficial, nada que ver con la máquina. Quiero hacerlo yo como neuróloga.

—Sí, claro —contesto confundida.

Madeline me da un abrazo de complicidad y se va.

—Qué fuerte… —le digo a Marta, y antes de que nos dé tiempo de empezar a hablar sobre el tema, mamá y papá entran por la puerta.

—¡Cariño! —Mi madre, dramática, se aferra a mis brazos—. ¡Nos has dado un susto de muerte!

—¿Qué hacéis aquí? —pregunto extrañada.

—¡Sí! Nosotros también nos alegramos de verte —me saluda papá con sarcasmo.

—Hija, ¿qué ha ocurrido?

Mamá pregunta a Marta pasando de mí. Yo no puedo estar aquí, solo puedo pensar en las palabras de Madeline. Oigo de fondo a Marta contarles el episodio de parada cardiaca, el ataque de ansiedad y el descubrimiento de Madeline. Mamá me mira con preocupación.

—Cariño, no vuelvas a cometer una locura así en la vida, por favor.

—Sí, mamá…

Le digo lo que quiere oír para que se tranquilice y me abraza. Necesito dormir, pensar. Volver a casa.

—Podemos llevarte a casa, nos ha dicho el doctor.

—Oh, sí, menos mal —balbuceo de mala gana.

206

—Si no te importa, nos quedaremos contigo unos días.

—Claro, mamá, no hay problema; os lo agradezco, aunque no hace falta, ya me siento mejor.

No miento a mi madre, me siento bien, todo ha sido un susto. Quise jugar a ser Dios y negarme a volver y quedarme para siempre en el mundo de Pau y mío, pero eso no es posible. Me levanto de la cama y me visto para irnos a casa. Un golpe de realidad me sacude al ver lo preocupadas que están las personas que más me quieren, y decido tomarme unos días para reflexionar, para ordenar mis ideas y para decidir qué quiero hacer con mi vida.

17

*H*an pasado dos meses desde el susto que sufrí en mi
última conexión, y la verdad es que al llegar a casa me
di cuenta de la seriedad del asunto y decidí dejar de pensar por el momento en la máquina, en Pau e incluso en lo
que vivimos. Me reuní con Madeline hace un par de días
en un café de la ciudad y me contó los riesgos que había
descubierto con los experimentos de la máquina y mi experiencia. Cogí tanto miedo que decidí desconectarme un
tiempo de todo lo ocurrido. Para no obsesionarme, para no
ponerme triste. «Si tocas las teclas equivocadas del cerebro,
puedes cargarte la vida de una persona.» Sus palabras aún
retumban en mi cerebro.

«Podría haberte ocasionado una esquizofrenia transi-
toria.» Afirmaciones suficientes para asustarme de verdad.

Me estaría engañando si no admitiera que no hay un
solo día en que no piense en Pau a todas horas. Con Pau
he vivido la mayor historia de amor de mi vida. He sido
más yo que nunca, me he reído, me he descubierto, como
amiga, como amante, como diosa del sexo, como pareja…
Ha sido tan corto y tan intenso… Saber que existe y que él
ha sentido lo mismo me da paz, tranquilidad. Me da seguridad. Necesitaba un descanso para poner mi vida en orden.
Para decidir qué hacer ahora, para pensar en cómo encontrar a Pau y, sobre todo, para estar con los míos, a los que
he tenido tan asustados últimamente.

Mamá y papá han pasado unas semanas conmigo, después quedé con Pablo, Max y Marta, y tuvimos una charla intensa e interesante sobre mi aventura. Y Alfred me dio unas semanas de vacaciones más. Hace ya tres días que he vuelto a la rutina y, si soy sincera, he recuperado la estabilidad emocional, pero no consigo encontrar el sentido a todo lo vivido con Pau. Me niego a pensar que tiene que acabarse aquí. Olvidé de nuevo dónde íbamos a encontrarnos. He estado visitando los lugares a los que fuimos juntos en Barcelona, intentando recordar; juraría que dijimos que nos veríamos aquí. Pero no logro acordarme. No es que me haya rendido, pero a ratos me dan ganas de tirar la toalla. A veces pienso que ocurrirá, que un día mirando por Internet encontraré su foto y podré escribirle. Ya no sé dónde buscar. Empiezo a aceptar que Pau pertenece a mis sueños.

—Esta es su parada, señorita.

210 El amable taxista me saca de mis pensamientos al llegar a la galería.

—Sí, disculpe. Aquí tiene, quédese el cambio. Buenos días.

—Buenos días.

Bajo del taxi y vuelvo a la vida real, a mi trabajo, a mis rutinas, a mi vida sin él.

—Buenos días, Violeta. ¿Cómo estás hoy?

—Estoy bien, Alfred, gracias, no hace falta que me preguntes cada día —le digo con cariño para que deje de preocuparse.

—¿Te ves con fuerzas para un pequeño viaje de negocios?

—Sí, claro. Me irá bien cambiar de aires.

—Hay un cliente en Francia que quiere contratar nuestros servicios para una exposición.

—Yo me encargo, sin problema.

—Esta es mi chica. El vuelo sale mañana a las once, es

ida y vuelta el mismo día, a las ocho de la noche coges el avión de regreso.

—¿Viaje exprés a París?

—Sí, *mon amour*. Iría contigo, pero tengo reuniones importantes aquí.

—No te preocupes.

—Tienes el dosier con toda la info en tu escritorio. Cualquier duda me dices.

Me paso el resto del día organizando la reunión de mañana y el viaje, y llego rendida a casa. Me doy un baño, y con un vaso de agua y una ensalada me voy a dormir. Se acabó el vino por un tiempo. Todo lo ocurrido me ha afectado más de lo esperado y siento respeto por entrar en un estado, aunque sea ligero, de embriaguez.

Suena el despertador y no quiero levantarme. No quiero. ¿Por qué diablos no consigo soñar con él de nuevo? Ni una maldita noche lo he logrado desde la última vez. Desde el susto. Me levanto algo molesta con mi cerebro, mi alma o quien diablos se encargue de estas cosas, y tras más de diez días vagando por mi vida decido que ahora sí. Que es el momento, que pienso conectar con él, comunicarme como sea.

Me visto con el traje negro de falda y *blazer* que tan bien me queda y preparo un bolso con las cuatro cosas básicas que necesito. Me recojo el pelo en un moño bajo y me pinto los labios de color burdeos. Se acabó pasar desapercibida por la vida; si pretendo cruzarme con Pau, tengo que empezar a vibrar en esa frecuencia. Tengo que volver a ser visible, volver a hacerme notar. Me preparo un té rooibos y lo pongo en mi taza de bambú para llevar. Me guardo un par de manzanas con frutos secos en el bolso, practico un par de posturas de yoga y salgo a la calle.

211

«Buenos días, Pau, voy a encontrarte, cielo. Te encontraré», le digo a través de mis pensamientos.

Debo admitir que estos días no solo he estado viviendo un poco por inercia, sino también he estado devorando muchos libros de física cuántica y metafísica, aprendiendo sobre cómo actúan las moléculas entre ellas. Cómo actuamos nosotros entre nosotros. Y me doy cuenta de lo poco que sé de mi propia existencia. Siempre pensando que las cosas son como yo creo, que solo lo que puedo tocar es real, y en realidad existe un universo dentro de todas las cosas, aunque es invisible a nuestros ojos. Somos un conjunto de átomos. Somos energía, somos impulsos eléctricos, somos química. ¿Cómo podemos pretender estar solos en el universo?

Siento a Pau vibrando en cada poro de mi piel, ahora que entiendo el modo en que estamos unidos, el modo en que nos atrajimos y el modo en que nos encontramos y nos conectamos de nuevo, no importa que no fuera en el plano espacial material en el que habito, lo hicimos en el espacio mental, y sé con todo mi corazón que muy pronto nos encontraremos en la vida real porque nada ocurre porque sí, porque nada es casualidad y porque las partículas entrelazadas siempre tienden a encontrarse, a reencontrarse y a unirse de nuevo.

Recorro el aeropuerto divagando entre mis pensamientos, mirando las grandes cristaleras con los aviones en las pistas de aterrizaje a punto de despegar, a punto de ser los responsables de numerosos reencuentros, despedidas, finales, principios. Todo está conectado, todo. Me pongo los cascos, pues adoro escuchar música cuando me muevo por mis pensamientos, y elijo el tema «Spirit Bird», de Xavier Rudd. Una canción tan espiritual que te hace volar. Deambulo embobada por el aeropuerto disfrutando de la canción cuando una imagen ante mis ojos a lo lejos me hiela el corazón. Puerta de embarque B20. Destino Chicago, Illinois. Es Pau.

¡Es Pau! ¡Maldita sea, maldita sea! Pau acaba de embarcar y parece ser el último en hacerlo. Está lejos, pero es él. Es él en la puta vida real. Todo deja de importar y corro hacia la puerta de embarque del vuelo a Chicago. Estoy lejos. Corro y corro, y puedo ver a través del pasadizo de cristal cómo Pau enfila la entrada del avión. No me salen las palabras, no me sale llamarlo, solo corro, y justo cuando me planto frente a la chica del mostrador me sale todo de golpe.

—Tengo que entrar. ¡Tengo que entrar!

—Por los pelos, señora. ¿Su pasaje?

—No, no, no lo entiende. Tengo que entrar. Como sea, tiene que dejarme pasar.

Me pongo nerviosa, no me salen las palabras, no puedo dejarlo escapar, está ahí mismo. ¡Ahí mismo, maldita sea!

—Señora, tiene que tranquilizarse, vamos a cerrar el embarque. Si tiene su billete, tiene que enseñármelo.

Veo cómo la chica mueve los labios, pero no oigo nada, sigo con la canción de Xavier Rudd a todo volumen en mis cascos. Me doy cuenta y me los quito de golpe. Trato de recobrar el aliento tras la carrera.

—Perdone, verá, acaba de embarcar un chico, Pau se llama, puede comprobarlo. Llevamos meses buscándonos y lo acabo de ver embarcar en este avión.

La azafata me mira descolocada y niega con la cabeza.

—Lo siento, pero si no tiene billete, no puedo dejarle entrar.

—Por favor, solo le pido que me deje pasar a decirle que estoy aquí, o vaya usted, hágalo por mí, solo dígale que está aquí Violeta. Se lo suplico. Por lo que más quiera.

—Señora…

—¡Señora, nada, joder! ¡Hazlo por favor!

Pierdo los nervios una vez más y golpeo el mostrador con la mano. La chica mira a su compañera, que contempla la escena anonadada.

213

—Deme un segundo —dice la amable y asombrada azafata.

Descuelga el teléfono, y justo cuando pronuncia las primeras palabras, veo cómo retiran la escalera del avión y cierran la puerta. No lo dudo. Salgo corriendo hacia el *finger* pasando de la azafata, que se queda inmóvil tras de mí sin poder reaccionar.

—Señora, no pued...

No oigo nada más. Solamente veo el avión alejarse por la pista y las pequeñas ventanas se hacen cada vez más lejanas e invisibles. Se me cae el mundo encima. Me quedo bloqueada sobre mis talones. Otra vez no.

Una fuerza emana de mi interior. «Chicago —me dice una voz—. Ya sé adónde se dirige, ¡Chicago! Claro, ahí debo ir.» Y me doy la vuelta y regreso a la puerta de embarque. Las azafatas han llamado a seguridad y tratan de detenerme.

—Señora, no puede hacer esto.

Me paro en seco enfrente de la nada amable azafata y, sin medir mis emociones, se lo suelto:

—¿Sabes qué? ¡Que te den!

Tras sacar toda la rabia e incomprensión de los últimos meses, me siento mucho mejor. Vuelvo a sentirme yo misma y sé que cometeré una locura. Una locura que me hará ser yo de nuevo en la vida real. Salgo corriendo, como una adolescente, rebelde, furiosa, pero llena de esperanza. «Chicago, Chicago.» No lo dudo ni un momento. Salgo del aeropuerto y vuelvo a entrar dirigiéndome a las taquillas de las compañías de vuelos *low cost*.

—Buenos días, ¿en qué podemos ayudarla?

—Quiero el primer vuelo a Chicago. El primero que salga.

—Veamos.

La espera se me hace eterna.

—Hay uno mañana al mediodía.

—¿No hay ninguno antes?

—Bueno, hay uno en dos horas, pero imagino que es demasiado justo.

—Es perfecto.

—Son mil doscientos euros.

—No importa.

Saco la visa, ya me apañaré para pagarlo a plazos. Me voy. No lo dudo.

—Aquí tiene, buen viaje.

Cojo el billete y respiro hondo. Ahora sí, esta vez es real.

Echo a andar con calma hacia el control de seguridad y lo paso de nuevo. Esta vez en mis cascos suena «Galway Girl», la primera canción que me dedicó. Le escribo un mensaje a mi madre:

«Mami, me he cruzado con Pau en el aeropuerto, no me ha dado tiempo a decirle nada, pero me voy a Chicago, es donde él ha ido. Voy a encontrarlo, pero necesito tu ayuda, ve sacando las cartas, el oráculo y lo que haga falta.
Te llamo en cuando aterrice. Te quiero infinito.
Gracias. Gracias por traerme a este mundo».

Agradecida de todo corazón, le envío el mensaje y por primera vez en mi vida tengo la certeza absoluta de estar donde tengo que estar y de hacer lo que debo hacer. Nada nunca me ha hecho sentir más segura.

La vida es un viaje fascinante y yo estoy preparada para vivir el más emocionante de mi vida. Encontrarle, no, encontrarle, no, reencontrarme con él. Subo el volumen de mi móvil y en mis cascos sigue sonando, ahora a todo volumen, esa canción que me dedicó, esa canción que nos llevó al primer beso, esa canción que tanto me recuerda a él, a sus hoyuelos, a sus ojos. A la seguridad de que me cueste lo que me cueste, lo encontraré.

Veo las colas de gente embarcando hacia sus destinos, vidas y vidas. Tan ajenos a la realidad, tan domesticados. Me alegro de haber vivido todo lo que he vivido, incluido el susto final. Me alegro de haber sido capaz de conectar con alguien de verdad por primera vez en mi vida. Y por un segundo mis ojos se fijan en la arquitectura del aeropuerto: las grandes estructuras de hierro de color blanco, las cristaleras, los ángulos de las paredes, y me doy cuenta de que estoy viéndolo como lo haría él, desde su perspectiva, desde su amor por la arquitectura. Soy capaz de ver con sus ojos. De sentir lo que sentiría él. Pronto estaré a su lado.

Existe una conciencia colectiva en nuestro planeta; cuando logras conectar con alguien, esa conciencia se comparte, se expande, y eres capaz de sentir exactamente lo mismo que esa persona; incluso eres capaz de ver cosas que nunca habías podido ver, porque puedes ver a través de sus ojos, y cosas en las que antes no habías reparado, como los malditos ángulos de las ventanas del aeropuerto, ahora te parecen fascinantes, porque se lo parecen a él. Es eléctrico. Es conexión, es alquimia y física cuántica. A mí me gusta llamarle «magia».

No somos seres separados. Somos una unidad, una única conciencia que vive en cuerpos separados para acumular experiencias, aprendizajes y compartirlos unos con otros. Si no, ¿cómo explicas que al final todos busquemos las mismas cosas? El amor, la comodidad, el dinero, la felicidad, una familia, amigos... Lo jodido es encontrar a aquellas personas con las que conectar de verdad. Porque, aunque podría ocurrir con cualquiera, no ocurre. Por eso, cuando sucede, no dudas. Lo sabes al instante. Ese ser y tú estáis destinados a encontraros. Como la leyenda del hilo rojo. La leyenda oriental que cuenta que las personas destinadas a conocerse están conectadas por un hilo rojo invisible. Este hilo nunca desaparece y permanece constantemente atado a sus dedos, a pesar del tiempo y la distancia.

No importa lo que tardes en conocer a esa persona, ni importa el tiempo que pases sin verla, ni siquiera importa si vives en la otra punta del mundo: el hilo puede estirarse hasta el infinito, tensarse, destensarse y enredarse tantas veces como sea necesario, pero nunca se romperá.

Y a mí, solo diez horas me separan de encontrar el final de mi hilo rojo.

CONTINUARÁ

ESTE LIBRO UTILIZA EL TIPO ALDUS, QUE TOMA SU NOMBRE
DEL VANGUARDISTA IMPRESOR DEL RENACIMIENTO
ITALIANO, ALDUS MANUTIUS. HERMANN ZAPF
DISEÑÓ EL TIPO ALDUS PARA LA IMPRENTA
STEMPEL EN 1954, COMO UNA RÉPLICA
MÁS LIGERA Y ELEGANTE DEL
POPULAR TIPO
PALATINO

SUENAS A BLUES BAJO LA LUNA LLENA
SE ACABÓ DE IMPRIMIR
UN DÍA DE INVIERNO DE 2019,
EN LOS TALLERES GRÁFICOS DE LIBERDÚPLEX, S. L. U.
CRTA. BV-2249, KM 7,4. POL. IND. TORRENTFONDO
SANT LLORENÇ D'HORTONS (BARCELONA)